아무도 아닌, 동시에 십만 명인 어떤 사람

Uno, nessuno e centomila

Luigi Pirandello

아무도 이닌, 동시에 십만 명인 어떤 사람

루이지 피란델로

김효정 옮김

( )최측의농간

일러두기

1. 이 책은 Luigi Pirandello, *Uno, nessuno e centomila*(Garzanti, 1993)를 우리말로 옮긴 것이며 『아무도 아닌, 동시에 십만 명인 어떤 사람』(문학과지성사, 1999)의 전면개정판이다.
2. 원서의 이탤릭체는 고딕체로 표기하였다.
3. 〈원주〉표시가 없는 각주는 모두 옮긴이가 작성한 것이다.

차례

첫 번째 책

I 아내와 내 코 11
II 그리고 당신의 코는? 15
III 혼자가 되는 좋은 방법 19
IV 나는 어떤 수로 혼자가 되고 싶었나 22
V 이방인의 추적 26
VI 드디어! 28
VII 바람 한 줄기 29
VIII 그러므로? 35

두 번째 책

I 내가 있고 당신들이 있다 41
II 그런 다음엔? 44
III 들어가도 좋다면 50
IV 다시 한번 미안합니다 52
V 고착 54
VI 오히려 지금 그것을 말하겠습니다 55
VII 집이 무슨 상관입니까? 57
VIII 밖으로 나가서 58
IX 구름과 바람 60
X 작은 새 61
XI 다시 도시로 들어가면서 63
XII 그 친애하는 젠제 67

세 번째 책

I 강요된 광기 77

II 발견 78
III 뿌리 83
IV 종자 85
V 직함의 번역 86
VI 분노한 착한 아들 88
VII 모두를 위해 필요한 괄호 하나 92
VIII 좀 진정합시다 97
IX 괄호를 닫읍시다 101
X 두 사람의 방문 102

네 번째 책

I 마르코 디 디오와 디아만테 부부는 내게 어떤 존재였나 107
II 그러나 그것이 전부였다 115
III 공정증서 117
IV 간선도로 124
V 탄압 125
VI 도둑질 134
VII 폭발 138

다섯 번째 책

I 다리 사이에 꼬리를 감추고 145
II 디다의 웃음 147
III 비비와의 대화 151
IV 타인들의 시선 155
V 재미있는 놀이 157
VI 곱하기와 빼기 159
VII 그러나 나는 혼자 말했다 161
VIII 철두철미하게 162

여섯 번째 책

I 얼굴을 맞대고 179
II 공허 속에서 182
III 사태를 악화시키다 184
IV 의사? 변호사? 교수? 국회의원? 186
V 나는 말한다, 그러나 왜? 190
VI 웃음을 참으면서 191

일곱 번째 책

I 복잡한 일 195
II 첫 번째 경고 196
III 꽃다발 사이에 든 연발 권총 198
IV 설명 202
V 내면의 신과 외부의 신 208
VI 불편한 어떤 주교 210
VII 추기경과의 대화 212
VIII 기다리면서 217

여덟 번째 책

I 판사는 혼자만의 시간을 원한다 231
II 초록색 모포 233
III 사면 236
IV 끝나지 않는다 238

옮긴이의 글
주체의 분열 의식 243

첫 번째 책

I

아내와 내 코

"뭐해?" 평소와 달리 거울 앞에서 머뭇거리고 있는 나를 보면서 아내가 물었다.

내가 대답했다. "별건 아닌데, 여기를 좀 봐. 이쪽 콧구멍을 보라고. 누르면 약간 아파."

아내는 웃으며 대답했다.

"휜 쪽을 보고 있군."

나는 누군가에게 꼬리를 밟힌 개처럼 몸을 돌렸다.

"휘었다고? 이쪽으로? 코가?"

그러나 아내는 조용하게,

"그래, 자기. 잘 봐. 오른쪽으로 기울었어."

내 나이 스물여덟 살이었고, 그때까지만 해도 그리 아름답지는 않지만, 신체의 다른 부위처럼 내 코도 상당히 잘생겼다고 생각했다. 그렇기 때문에 운명적으로 흉한 신체를 타고나지 않은 사람들, 말하자면 자신의 외모에 대해 자만하는 어리석은 사람들, 그런 자들의 생각과 주장을 나는 쉽게 인정하고 받아들였다. 그러므로 예기치 않게 결점을 발견한 나는 부당한 형벌을 받은 듯 노여웠다.

"다른 건?"

그래, 다른 것! 또 다른 것 말이야! 내 눈썹은 두 개의 곡절 악센트 기호(^^)처럼 눈 위에 걸쳐 있고, 두 귀는 하나가 다른 하나보다 튀어나와 흉하게 들러붙어 있지. 그리고 다른 결점들은……

"또?"

그래, 또 있지. 새끼손가락이 약간 휘었고, 오른쪽 다리가 왼쪽보다 더 굽어 있다(하지만 휜 것은 아니다!). 무릎 쪽으로 약간.

주의 깊게 살펴본 다음에, 나는 이 모든 결점이 사실임을 인정해야 했다. 그때만 해도 화를 낸 직후 내가 느꼈던 경이로움을 아내는 고통이나 치욕으로 잘못 생각했기 때문에, 너무 슬퍼하지 말라며 나를 위로하고 격려했다. 그럼에도 불구하고 내가 미남이기 때문이라는 것이다.

처음에 부인했던 것을 나는 관대하게 양보하여 화를 내지 않으려고 했다. 나는 악의에 차서 '고맙다'는 말을 내뱉었다. 고통스러워하거나 치욕을 느낄 이유도 없다고 생각했으므로,

그런 가벼운 결점을 중요하게 생각하지는 않았다. 그러나 코를 바꾸지도 않고 언제나 그 코와 그 눈썹, 그 귀와 그 손, 그리고 다리를 가지고 수많은 세월을 살았다는 사실에 이상하게도 나는 큰 의미를 부여했다. 아내와 결혼하고 나서야 내게 결점이 있다는 사실을 깨달은 것이다.

"세상에! 마누라들을 모르세요? 남편의 결점을 찾기 위해 만들어진 존재죠."

"그래요, 마누라들. 그 말을 부정하진 않겠어요. 하지만 나도 그땐 무슨 소리를 듣기만 해도, 눈앞에서 날아다니는 모기만 봐도 사색의 심연으로 빠져버리곤 했지요. 그것은 두더지 굴처럼 밖에서 보면 사소한 것처럼 보이지만, 내 정신을 깊이 파고 들어가서는 위아래로 구멍을 뚫어버렸죠."

"당신은 허비할 시간이 많았잖아요."라고 당신들은 말하리라.

그런 게 아니다. 내 마음 탓이었다. 게다가 게으른 탓도 있었다. 부정하진 않겠다. 난 부자였고, 믿을 만한 친구 두 명이, 세바스티아노 콴토르초와 스테파노 피르보가 사업을 돌봐주었다. 내가 하찮은 일이나마 끝까지 하도록 선친은 온갖 방법을 동원하셨지만 결국 성공하지 못하셨다. 아내를 얻는 것만 빼고. 이건 사실인데, 난 아주 젊은 나이에 결혼했다. 그분은 나와 생판 다른 손자를 하루속히 보고 싶으셨을 것이다. 불쌍한 분. 그것조차 내게서 얻지 못하셨으니.

아버지가 인도하신 길을 난 처음부터 반대하진 않았다. 그 모든 길을 갔다. 그러나 앞으로 가면서도 실은 가지 않았던 셈이다. 매 발걸음마다 멈춰 섰다. 처음엔 발에 걸리는 작은 돌멩이 주위를 막연히 맴돌기 시작했는데, 점차 그런 행위가 습관화되었다. 남들이 그런 돌멩이를 만나지 않고 나를 앞지를 수 있다는 사실은 매우 놀라운 일이었다. 내게 그것은 넘을 수 없는 산이었거나 혹은 기필코 정착할 수도 있었던 어떤 세상의 크기를 의미했다.

나는 늘 그렇게 이런저런 세상이나 돌멩이들에 대한 생각에 빠져 수많은 길의 초입에서 멈춰 서곤 했다. 내게는 그런 세상이나 돌멩이들은 둘 다 별 차이가 없었다. 그러나 나를 앞질렀던 사람들이 본질적으로 나보다 더 많이 알고 있다고 생각하진 않는다. 그들은 수많은 말들처럼 거만하게 뛰어오르면서 의심하지도 않고 나를 앞질렀다. 그러나 결국 그들은 도중에 수레를 발견했다. 자신들의 수레를. 그들은 매우 참을성 있게 수레에 매달렸고, 이제는 그것을 옆에 끼고 다녔다. 나는 그 어떤 수레도 끌지 않았으므로, 말고삐나 눈가리개도 없었다. 그러나 내가 그들보다 많이 알고 있다는 건 확실하다. 그럼에도 불구하고 길을 갈 때, 어디로 가야 할지 난 몰랐다.

그런 가벼운 결점을 발견하면서부터, 나는 즉시 나의 신체, 내게 매우 친숙한 코와 귀, 손, 다리조차 모르고 있었다는—이런 일이 가능할까?—생각에 몰두했다. 그리고 그것들을 다시 살펴보기 시작했다.

내 병은 이렇게 시작되었다. 너무 비참하고 절망적이어서 치료할 방법을 찾지 못했다면(앞으로 언급하게 될 것이다), 그것 때문에 죽거나 미쳐버릴 수도 있었을 심신의 상태에 나는 순식간에 빠져들었다.

II
그리고 당신의 코는?

나는 곧 아내가 나의 신체적 결함을 발견했듯이 다른 사람들도 그 점을 알아채고는 내게서 다른 것은 보지 않았을 수도 있다는 생각이 들었다.

"너, 지금 내 코를 보니?" 뭔지 모를 속마음을 털어놓으려 내 옆에 왔던 친구에게 나는 갑자기 그렇게 물었다.

"아니, 왜?" 친구가 말했다.

난 신경질적으로 웃으면서 대답했다.

"코가 오른쪽으로 휘었어. 안 보여?"

그리고 마치 내 코의 그런 결함이 우주선에서 돌연히 생긴, 고칠 수 없는 고장인 양 주의 깊게 살펴보라고 했다.

친구는 처음엔 약간 어리둥절한 얼굴로 나를 보았다. 그러다, 먼저 자신이 했던 말에 내가 대답도 하지 않고 관심조차 보이지 않았으므로, 그렇게 갑자기 코 얘기를 꺼내는 나를 미심쩍은 표정으로 쳐다보았다. 그리고 어깨를 한 번 들썩이더니, 나를 홀로 내버려두고 가려고 했다.

나는 친구의 팔을 붙잡았다.

"가지 마. 나도 너와 그 일을 의논하고 싶어. 하지만 지금은 날 좀 봐줘."

"네 코에 대해 생각하고 있니?"

"코가 오른쪽으로 휘었다는 사실을 전혀 몰랐어. 오늘 아침 아내가 가르쳐줬지."

"아, 그래?" 그제야 친구는 내게 물었다. 그러나 그는 믿을 수 없다는 눈빛으로 웃고 있었는데, 그것은 비웃음이기도 했다.

창피하기도 하고 화가 나기도 했지만, 또한 놀랍기도 한 심정으로 아침에 아내를 쳐다보았듯이 난 녀석을 잠시 바라보았다. 그러니까 이 녀석도 얼마 전부터 알고 있었단 말인가? 그럼 도대체 알고 있는 사람이 몇 명이나 되는 거야. 그런데 나는 몰랐던 것이다. 그것도 모르면서 모든 사람들이 내가 곧은 코를 가진 모스카르다라고 생각하는 줄 알았던 것이다. 그러나 그들에게 나는 코가 휜 모스카르다였다. 아무 생각도 없이 티치오와 카이오의 코가 못생겼다고 나는 얼마나 많이 떠들어댔으며, 또 사람들은 얼마나 나를 비웃었을까. 그들은 '남의 코가 못생겼다고 말하는 이 불쌍한 놈을 봐!'라고 생각했을 거다.

사실 나는 내 코가 평범하게 생겼다며 자위할 수도 있었다. 타인의 결점은 쉽게 발견하지만 우리 자신의 것은 보지 못한다는 매우 일반적인 사실을 다시 한 번 상기해볼 수도 있었다. 그러나 병의 첫 씨앗은 내 정신에 뿌리를 내리기 시작했고, 그런 생각 때문에 나는 위안을 얻을 수 없었다. 나는 그때까지 속으로 상상했던 내가, 남들에겐 내가 아니었다는 생각을 고집했다. 그 순간에 난 오로지 육체만을 생각했다. 친구가 예의 그 조롱 섞인 불신감을 담은 표정으로 내 앞에 서있었으므로, 복수하기 위해 그의 턱 보조개 탓에 두 부분으로 나누어진 턱 한쪽이 다른 쪽보다 튀어나온 것을 아느냐고 물었다.

"내가? 말도 안 돼!" 친구가 소리쳤다. "그래, 보조개가 있긴 하지. 하지만 네가 말한 것처럼은 아니야."

"저기 이발소에 가서 살펴보자." 난 즉시 그에게 제안했다.

이발소에 들어온 친구는 자신의 결점을 보고 경악했으며, 그게 사실임을 알았다. 그러나 노여운 기색을 감추기 위해, 결국 그건 사소한 일이라고 말했다.

물론 그것은 사소한 일이다. 그러나 나는 멀리서 상점의 진열창 앞에 멈춰 섰다가, 다시 또 다른 진열창 앞에 멈춰서는 그를 보았다. 그러다 다시 앞으로 가더니, 턱을 관찰하기 위해 어느 상점 진열대 거울 앞에 섰다. 틀림없이 집으로 들어가자마자 옷장으로 달려가 좀더 편하게 거울을 보면서 결점이 있는 자신의 얼굴을 새롭게 관찰하리라. 녀석도 복수하거나 두루 소문낼 만한 농담을 하기 위해 그의 친구에게(내가 그런 것처럼) 자신의 턱에 있는 결점을 본 적이 있냐고 물어본 뒤 친구의 이마나 입에서 다른 결점을 찾으리라. 틀림없이 그럴 것이다. 그의 친구는 친구대로…… "그렇군! 그래!"라고 말할 것이다. 고귀한 도시, 리키에리에서 수일 내에 꽤 많은 사람이 진열창을 지날 때마다 그 앞에 서서 자신의 얼굴을 쳐다보다가, 어떤 사람은 광대뼈를, 어떤 사람은 눈초리를, 또 어떤 사람은 귓불을, 그리고 어떤 사람은 콧구멍을 살펴보았는데, 그건 맹세코 사실이었다. 그리고 일주일 후에 한 사람이 황망한 얼굴로 내게 다가와, 자기가 말을 하려고 할 때마다 무의식적으로 눈꺼풀을 움츠리는 게 사실이냐고 물었다.

"그렇다네, 이 친구야." 나는 그에게 황급히 말했다. "내 코가 오른쪽으로 휜 게 보이지? 하지만 난 그 사실을 알고 있으니, 내게 그것을 말할 필요는 없네. 그리고 눈썹은 곡절 악센트 부호처럼 생겼어! 여기 귀 좀 봐. 한쪽이 다른 쪽보다 돌출돼있지. 그리고 손은 평평하지? 하지만 이 새끼손가락 관절이 불안정하다네. 여기 다리를 보게. 서로 모양이 다른 것 같지 않나? 그렇지? 하지만 난 다 알고 있으니, 자네가 그 사실을 말할 필요는 없네. 안녕."

나는 그를 내버려두고 갔다. 조금 후에 나를 부르는 소리가 들렸다.

"휙!"

그는 조용히 내게 손짓을 하더니 이렇게 물었다.

"미안하네. 자네 모친이 자네를 낳으시고 동생을 출산하지 않으셨나?"

"아니. 결코 그런 적이 없네. 난 외아들이야. 왜 그러나?"

"자네 모친이 한 번 더 출산을 하셨다면 또 아들을 보셨을 텐데."

"그래! 자네가 그걸 어떻게 아나?"

"하층민 부인네들이 그러는데, 자네처럼 머리카락이 목덜미에서 제비초리 모양으로 끝나면, 다음에도 아들을 낳는다네."

나는 목덜미에 손을 갖다 대고, 냉소를 지으며 물었다.

"아, 내 목에…… 뭐라고?"

그는 말했다.

"제비초리라네, 친구. 리키에리 사람들은 그렇게 부르지."

"아, 이건 아무것도 아니라네!" 난 소리쳤다. "잘라버릴 수도 있지."

그는 먼저 손가락을 이리저리 흔들더니 이렇게 말했다.

"이보게, 면도기로 밀어도, 그 흔적은 항상 남는다네."

이번엔 내가 그 자리에 꼼짝 않고 서 있었다.

III
혼자가 되는 좋은 방법

그날부터 나는 적어도 한 시간 가량 혼자 있기를 강렬히 원했다. 그건 소망이기보다는 필요, 즉 절박하고 초조하며 강력한 필요였다. 그래서 아내가 눈앞에서 어슬렁거리거나 옆에 있으면 화가 머리끝까지 치솟을 지경이었다.

"젠제*, 어제 미켈리나가 한 말 들었어? 콴토르초 씨가 당신에게 급히 할 말이 있대."

"젠제, 이것 봐. 옷을 이렇게 하면 다리가 보여."

---

* 아내는 내 이름 비탄젤로에서 이 애칭을 만들어냈다. 앞으로 보게 될 테지만, 그녀는 아무 이유도 없이 나를 그렇게 불렀다. <원주>

"추시계가 멈췄어, 젠제."

"젠제, 강아지를 밖으로 데려가지 않을 테야? 카펫을 더럽혀 놓으면 소리 지를 거잖아. 그래도 더럽혀 놓겠지, 불쌍한 강아지…… 자긴 기대하지 않겠지만…… 어제 저녁부터 밖에 나가질 않아."

"젠제, 안나 로사가 병이 난 것 같지 않아? 사흘 전부터 안 보여. 마지막으로 봤을 때 목이 아팠는데."

"피르보 씨가 왔었어, 젠제. 나중에 다시 오겠다고 했어. 밖에서 만날 순 없어? 아이고, 정말 짜증나는군!"

아니면 그녀는 노래를 했다.

내게 안 된다고 말하면,
사랑하는 내 님이여, 내일은 오지 않으리.
내일은 오지 않으리……
내일은 오지 않으리……

왜 당신은 방문을 걸어 잠그거나 하다못해 귀마개를 하지 않았죠?

그렇게 말씀하시다니, 선생님들. 내가 어떤 방식으로 혼자 있고 싶은지 이해 못 하셨군요.

난 오직 서재에만 틀어박혀 있을 수 있었지만, 거기서도 문에 빗장을 지를 수가 없었다. 그러면 아내가 악의에 찬 의심의 눈초리를 보낼 테니 말이다. 아내는 사악한 여자는 아니었지만, 유독 의심이 많은 여자였다. 갑자기 문을 열었는데, 내가 이러고 있다면?

안 된다. 그것은 불필요한 일일 것이다. 서재에는 거울이 없었다. 난 거울이 하나 필요했다. 게다가 아내가 집에 있다는 생각만으로도 나는 충분히 나 자신에게 나였다. 그러나 이건 내가 원하는 바가 아니었다.

선생님들께는 혼자가 된다는 것이 무엇을 의미합니까?

옆에 어떤 이방인도 없이 당신 자신과 함께 있는 것 말입니다.

그렇다. 물론 그것은 혼자가 되는 좋은 방법입니다. 당신들 기억 속에 소중한 창문이 열리고, 그 창문을 통해 카네이션이 담긴 꽃병과 젤소미니가 담긴 꽃병 사이로 티티가 미소를 지으며 얼굴을 내민다. 티티는 참아주기 힘든 늙은 자코미노 씨 것과 똑같은 빨간색 목도리를 뜨고 있다. 늙은 자코미노 씨에게 당신은 아직도 자선단체장 추천장을 만들어주지 않았다. 그는 당신의 좋은 친구지만, 특히 자기 비서의 속임수를 말할 땐 그 또한 불쾌한 사람이다. 그 서기는 어제…… 아니, 언제더라? 비가 와서 광장이 밝은 햇빛에 반짝이는 물방울로 가득 차 호수처럼 보였던 그저께, 길에는, 오 하나님 그 잡동사니들이란. 빗물을 받는 대야와 신문 가두 판매점, 선로를 바꾸고, 곡선 철로에서 회전할 때 째지게 금속성 소리를 내는 전차와 이리저리 도망가는 개며. 그만두자. 그때 자선단체장의 비서가 있던 당구장에 당신들도 틀어박혀 나오지 마라. 별명이 **보름달**인 카를리노와 게임을 하려고 할 때 당신들의 실수를 보며 후춧가루처럼 희뿌연 콧수염을 달고 비웃는 모습이란. 그리고? 당구장을 나오면 무슨 일이 일어날까? 황량하고 습기 찬 길. 희미한 불빛 아래에서 불쌍한 술고래가 오래된 나폴리 칸초네를 우울하게 부르려 한다. 수년 전 당신들은 귀여운 미미와 함께 있으려고 양편에 밤나무가 자라는 산길로 놀러 갔고, 그 길에서 거의 매일 밤 그 노래를 들었으리라. 미미는 늙은 사령관 델라베네라와 결혼했고, 그로부터 일 년 뒤에 죽었다. 오, 사랑스러운 미미! 여기 당신들의 기억 속으로 열리는 또 다른 창으로 미미가 보인다······

그렇다. 친구들이여, 확신컨대 그것이야말로 혼자가 되는 좋은 방법인 것이다!

IV
나는 어떤 수로 혼자가 되고 싶었나

나는 매우 새롭고 기발한 방식으로 혼자 있고 싶었다. 당신들의 생각과는 정반대의 방법이다. 즉 내가 없고 또 옆에 아무도 없이.

이것이 이미 내가 미쳐가는 첫 징후로 보이는가?

그렇다면, 당신들이 잘 생각하지 않았기 때문일 것이다.

이미 내 안에 광기가 자리 잡고 있을 수도 있었다. 부인하진 않겠다. 그렇지만 혼자가 될 수 있는 유일한 방법은 내가 말하는 이것임을 믿어주시라.

고독은 결코 당신들과 함께하지 않는다. 당신들이 없고,

또 이방인과 함께 있을 때만 고독이 찾아오는 법이다. 의심을 떨쳐버리지 못해서 불확실한 고통으로 당황할 때, 또 생판 낯선 곳에 있거나 낯선 사람이 옆에 있을 때, 고독은 찾아온다. 그때 당신들의 모든 판단은 중지되고 친밀한 의식 자체마저 사라진다. 진정한 고독은 그 자체로 존재하며 어떤 흔적이나 소리도 없는 곳에 있다. 그러므로 그곳에서 이방인은 바로 당신들이다.

그런 식으로 난 혼자 있고 싶었다. 나 없이. 내가 이미 알고 있거나 안다고 믿었던 그런 내가 없이. 오로지 그 옆에서 벗어날 수 없으리라 막연하게 생각했던 어떤 이방인과 함께. 그는 바로 나 자신, 즉 나와 분리할 수 없는 이방인이었다.

그때 난 오직 한 사람만을 느꼈던 것이다! 바로 이 사람이, 아니 오로지 그 사람과 함께 있어야겠다는 욕망, 그를 잘 알고, 잠시나마 그와 대화하기 위해 그와 마주해야겠다는 욕망이 나를 몸서리치게 만들기도 하고 공포심을 주기도 하면서 혼란을 안겨주었다.

지금까지 나라고 믿었던 내가 남들에겐 내가 아니었다면, 나는 누구였을까?

살면서 나는 내 코의 형태에 대해 생각해본 적이 없었다. 내 눈꼬리가 짧은지 긴지, 내 눈 색깔은 뭔지, 또 이마가 좁은지 넓은지 등등에 대해 결코 생각해본 적이 없었다. 저것이 내 코고, 저것이 내 눈이고, 저것이 내 이마였던 것이다. 나는 사업에 몰두하고, 이상에 사로잡히고 감정에 빠져, 나와 분리할 수 없는 이것들을 생각할 수 없었다.

하지만 이런 생각이 들었다.

'그럼, 남들은? 그들은 결코 내 안에 들어올 수가 없어. 외부에서 내 생각을 보는 그들에게 내 감정은 코를 가지고 있어. 내 코를 말이야. 그리고 내 감정은 나는 못 보지만 그들은 볼 수 있는 한 쌍의 눈을 가지고 있지. 내 생각과 내 코 사이엔 어떤 관계가 있을까? 나와는 아무 상관이 없는데, 나는 코로 생각하지 않을 뿐만 아니라, 생각하면서 그것에 신경을 쓰지도 않아. 내 코를 보는 타인들은? 그들이 보기엔 내 생각과 코는 많은 관련이 있어서, 내가 심각한 생각을 하면, 내 코는 그 형태가 우습게 변해 웃기게 보일 것이다.'

그런 생각을 하면서 나는 또 다른 비탄에 빠지게 되었는데, 살면서 나의 인생을 기록할 때 나 자신에게 나를 표현할 수 없다는 걸 느꼈던 것이다. 남들이 나를 보듯이 나는 나를 볼 수 없었고, 내 육체 앞에 나설 수 없었을 뿐만 아니라 남들의 몸처럼 나의 몸을 볼 수 없었다. 거울 앞에 섰을 때 갑자기 내가 정지하는 걸 느꼈다. 모든 자발적인 것이 사라지자, 내 몸짓은 허위나 위선 같았다.

난 내가 살아가는 것을 볼 수 없었다.

며칠 후, 친구 스테파노 피르보와 길을 걸으며 이야기를 나누었다. 전에 본 적이 없었던 길가의 거울 앞에 선 나와 갑자기 마주쳤는데, 그때 나를 덮친 인상에서 그 증거를 발견할 수 있었다. 곧 어떤 정지감이 뒤따랐고, 자발적인 것이 사라졌으며, 난 생각에 몰두하기 시작했기 때문이다. 처음엔 나 자신을 인식하지 못했다. 난 대화를 하면서 길을 가는 어떤 이방인을 느꼈던 것이다. 난 멈춰 섰다. 내 얼굴이 몹시 창백했을 것이다. 피르보가 내게 물었다.

"무슨 일이야?"

"아무것도 아냐"라고 말하고, 오한을 동반한 이상한 공포감을 느끼면서 나는 생각했다. '그 순간 직감한 그 이미지가 바로 내 것이었나? 내가 나를 생각하지 않을 때―살아있으면서―밖에서 본 나는 바로 그런 모습일까? 그러니까 남들에게 나는 거울 속에 갑자기 마주친 그 이방인이야. 그는 이미 내가 알고 있던 내가 아니야. 그를 보았을 때, 처음엔 몰라봤던 그 어떤 사람이 거기 있었던 거야. 한순간에만 볼 수 있고 다른 때는 살아있는 모습을 볼 수 없는 그 이방인이 바로 나야. 내가 아니라 오로지 남들만 보고 알아볼 수 있는 어떤 이방인.'

그때부터 나는 그 이방인을 추적하겠다는 가망 없는 계획에만 몰두했다. 그는 내 안에 있었고 나를 쫓아다녔지만 거울 앞에서 그를 붙잡을 수는 없었다. 그는 곧 내가 알던 나로 변해버렸기 때문이다. 그는 타인을 위해 살았으며 내가 알 수 없는 어떤 사람이었다. 타인들은 그가 살아있는 모습을 보았지만, 난 그러지 못했다. 타인들이 그를 보고 알 듯이 나 또한 그를 보고 알고 싶었다.

다시 한 번 말하지만, 여전히 나는 그 이방인이 한 명이라고 생각했다. 내가 나라고 믿었던 어떤 사람처럼 모두에게도 유일한 어떤 사람. 그러나 곧 타인들에게뿐만 아니라 나에게도 있었던 십만 명의 모스카르다를 발견하면서부터 나의 잔인한 드라마는 복잡해지기 시작했다. 그들 모두는 모스카르다라는 하나의 이름만을 가지고 있었다. 끔찍할 정도로 불쾌한 일은 그들 모두가 나의 이 불쌍한 육체 안에 들어 있었다는 것이다. 내 육체 또한 하나였다. 내 몸을 거울 앞에 놓고 그것에서 모든 감정과 의지를 배제시켜 눈동자도 움직이지 않은 채 보면, 아 그것은 한 사람이면서 아무도 아니었다.

그렇게 내 인생의 비극이 뒤얽히기 시작했을 때, 나는 미쳐가기 시작했다.

V
이방인의 추적

팬터마임 형태로 징후를 보이기 시작했던 나의 광기에 대해 이제 말하겠다. 집 안의 모든 거울 앞에서 앞뒤로 내 모습을 쳐다보면서 나의 광기는 서서히 드러났다. 아내가 눈치채지 못하게 나는 그녀가 다른 집을 방문하거나 시장에 가느라 잠시 동안 나를 혼자 내버려두기를 애타게 기다렸다.

희극배우처럼, 내 행동을 연구하거나 마음의 변화와 기분에 따른 다양한 감정을 얼굴에 드러내 보이고 싶지는 않았다. 마음이 변하는 매순간마다 갑자기 변하는 표정이나 자연스러운 행동을 할 때 드러나는 나를 우연히 보고 싶었다. 이를테면 갑자기 놀랄 때(아무리 사소한 일에도 나는 윗눈썹을 머리카락에 닿을 정도로 추켜올렸으며, 안에서 실로 잡아당기기라도 하듯 얼굴을 늘이며 두 눈을 동그랗게 뜨고 입을 벌렸다)

나 매우 슬플 때(아내의 죽음을 상상할 때 난 얼굴을 찌푸리고 그 슬픔을 품어버릴 듯 눈꺼풀을 우울하게 반쯤 감았다), 아니면 너무 화가 날 때(누군가 나를 때렸다고 생각하면 이를 드러냈고, 턱을 내밀고 눈알을 부라렸으며, 코를 썰룩거렸다)의 내 모습을 보고 싶었다.

그러나 무엇보다 놀람과 비탄, 분노는 거짓이었다. 그런 감정은 진짜가 될 수 없었다. 그게 진짜라면 나는 그것을 볼 수 없었을 것이다. 내가 그것을 보았다는 사실 때문에 그 감정이 곧 사라졌을 것이므로. 그러나 나는 정말이지 너무 놀랐다. 놀람의 형태 또한 매우 다양했고, 표정 역시 예측할 수 없었으며, 내 마음의 상태와 움직임에 따라 끝없이 변했다. 내가 느끼는 모든 비탄과 분노도 마찬가지였다. 결국 단 하나의 결정적인 놀람과 단 하나의 결정적인 비탄, 단 하나의 결정적인 분노를 느끼고 정말로 그런 표정을 손에 넣을 수 있다는 걸 인정한다면, 그 감정은 타인이 보는 감정이 아니라 내가 보는 감정이었다. 예를 들어 내가 느끼고 표현하는 분노는 그것을 두려워하는 어떤 사람, 그것에 대해 미안해하는 또 다른 사람, 그리고 그것을 비웃는 제3의 사람에게 똑같지 않았을 것이다.

아! 이 모든 것을 알기 위해 얼마나 많은 생각을 했던가! 그러나 그런 나의 괴상한 계획이 실현 불가능하다고 생각하면서도, 난 그 절망적인 일을 포기할 수는 없었으며, 남들의 생각을 보고 듣지 않은 채 나를 위해 산다는 것에도 만족할 수 없었다.

내가 알고 있던 내가 아닌 어떤 사람을 타인들이 보았다는 생각. 내 안에 있고 타인들이 나라고 생각하지만(그러므로 나를 위해 존재하지 않았던 '내 것') 나를 항상 이방인으로만 남게 하는 듯하며, 내 눈이 아닌 그들의 눈을 통해 외부에서 나를 보면서 오로지 그들만 알 수 있었던 어떤 사람. 그들이 보기엔 내 인생이었지만 내가 통찰해낼 수 없었던 어떤 인생. 이런 생각으로 나는 마음의 평화를 얻지 못했다.

이방인은 어떻게 내 안에서 견딜까? 나에게 바로 나였던 이 이방인은? 왜 그를 볼 수 없지? 왜 그를 알 수 없지? 나의 시선 밖에 있고, 타인들의 시선을 받는 동안 나를 떠받쳐야 하는 형벌을 받으며 왜 나와 함께 내 안에 머물러 있는 걸까?

VI
드디어!

"내 말 알아들어, 젠제? 또 나흘이 지났어. 안나 로사가 병에 걸린 게 틀림없어. 내가 가봐야겠어."

"뭐라고? 디다? 하지만! 이런 날씨에? 디에고를 보내든지 니나를 보내서 소식을 물어봐. 당신도 병에 걸리고 싶어? 안 돼, 절대로."

당신이 어떤 일을 절대로 원하지 않을 때, 당신의 아내는 어떤 행동을 보이는가?

내 아내 디다는 모자를 썼다. 그리고 내게 모피 코트를 내밀고는 입혀달라고 했다.

나는 너무 기뻤다. 그러나 디다가 거울을 통해서 웃고 있는 나를 쳐다보았다.

"아, 웃고 있잖아?"

"자기, 난 그럴 수밖에 없다고……"

그러면서, 정말로 목이 아프다면 친구 집에 오래 있지 말라고 나는 애원했다.

"15분 이상은 안 돼. 알았지?"

디다가 밖으로 나가자마자, 나는 너무 기뻐서 양손을 비비며 몸을 빙글 돌렸다.

'드디어!'

VII
바람 한 줄기

나는 우선 안정을 취하고 싶었다. 모든 근심과 기쁨의 흔적을 얼굴에서 지운 다음, 내 몸을 이방인으로서 거울 앞에 이끌고 와 내 앞에 서도록 모든 감정과 생각을 절제하고 싶었다.

"자," 나는 말했다. "갑시다!"

나는 눈을 감고 손을 내밀어 앞을 더듬으면서 걸었다. 옷장이 손에 잡히자 여전히 눈을 감은 채 마음이 최고로 안정되기를, 완전히 무관심해지기를 기다렸다.

헌데 어떤 빌어먹을 목소리가 내 앞 거울에 그 **이방인**이 있다고 말했다. 나처럼 눈을 감고 기다리면서.

그가 거기 있었지만 나는 그를 보지 못했다.

그 또한 나를 보지 못했다. 왜냐하면 그도 나처럼 눈을 감고 있었으므로. 그는 무엇을 기대하고 있었을까? 나를 보기를? 아니다. 그는 내가 보이도록 할 수는 있었지만 나를 볼 수는 없었다. 타인들에겐 나였던 것이 내게는 바로 그였다. 그렇게 난 나를 보지 못하고 타인들에게 보여질 수 있었던 것이다. 그러나 눈을 뜨면 마치 타인처럼 그를 볼 수 있을까?

문제는 바로 여기에 있었다.

나는 우연히 동일한 거울 속에서 나를 보고 있던 누군가와 시선을 마주친 적이 여러 번 있었다. 그렇게 그도 자신을 보는 것이 아니라 내 얼굴을 보았다. 나를 통해 보여진 자신을 보았다. 나도 거울 속에서 나를 보려고 얼굴을 내밀었다면, 그를 통해 나 또한 보여질 수 있었을 것이다. 그러나 난 그럴 수 없었다. 난 더 이상 그를 볼 수 없었다. 동일한 거울 속에서 자신을 봄과 동시에 이방인이 주시하는 걸 볼 수는 없는 것이다.

난 여전히 눈을 감고 그렇게 생각하면서 자문해 보았다.

'지금 내 경우는 달라. 아니 똑같은가? 내가 눈을 감고 있는 한 우린 둘이야. 난 여기에 있고 그는 거울 속에 있어. 눈을 뜰 때, 그가 내가 되고 내가 그가 되는 걸 막아야 해. 내가 그를 봐야지 보여질 순 없는데. 가능할까? 내가 그를 재빨리 보게 되듯이, 그도 나를 볼 것이고, 우린 서로를 알게 될 거야. 천만에! 나는 나를 다시 알고 싶진 않아. 난 내가 아닌 그를 알고 싶다고. 가능할까? 최대한 이런 상태를 유지해야 해. **내 안에서 나를 보는 것이 아니라 나를 통해**, 즉 바로 나의 눈을 통해서지만 내가 남처럼 보여질 수 있도록 해야 돼. 모든 사람이 보는 내가 아닌 저 타인처럼. 자, 침착하자. 모든 호흡과 집중을 중단하자!'

난 눈을 떴다. 무엇을 보았지?

아무것도. 나는 나를 보았다. 눈을 찌푸리고 똑같은 생각을 하면서 매우 불유쾌한 표정을 짓고 있는 내가 저기 있었다.

나는 매우 혹독한 노여움을 느꼈고, 내 얼굴에 침을 뱉고 싶었다. 참았다. 찌푸린 얼굴 주름살을 폈고, 날카로운 눈초리를 온화하게 하려고 애썼다. 서서히 눈꼬리를 펴는 동안 내 얼굴은 창백해졌고 내게서 멀어졌다. 그러나 여기 있는 나 또한 얼굴이 새파랗게 질려서 정신을 잃을 지경이었다. 그러다가 잠들어버릴 수도 있었다. 두 눈에 힘을 주었다. 내 앞에 있었던 두 개의 눈을 통해 나 또한 주시받고 있다고 생각하지 않으려 노력했다. 나는 그 두 눈을 느꼈다. 내 앞에 있는 두 눈을 보았지만 내 안에서도 그것을 느낄 수 있었다. 내 두 눈은 보고 있었지만, 그것은 이미 내게 시선을 고정한 것이 아니라 그 자신에게 시선을 주고 있었다. 잠시만이라도 나의 두 눈을 의식하지 않는다면, 나는 내 두 눈을 보지 않는 것이었다. 아, 바로 그런 것이었다. 난 내 두 눈을 볼 수 있지만, 그의 눈을 볼 수는 없었다.

경험을 하나의 놀이로 바꿨다는 사실을 깨닫는 순간, 갑자기 내 얼굴은 거울 속에서 쓸쓸한 미소를 지으려고 했다.

"신중해, 멍청아!" 난 그때 그에게 소리쳤다. "뭐가 그렇게 웃겨!"

뜻밖에도 화가 치밀었기에 내 얼굴에 나타난 표정의 변화는 그렇게 순간적이었다. 나는 곧 놀랄 정도로 무심해지고, 그러다가 나의 육신이 거만한 나의 정신에서 떨어져 나오는 것이 저기 앞에 있는 거울에 보였다.

아, 마침내! 저기 그가 있구나!

그는 누구였을까?

아무것도 아니었다. 아무도 아니었다. 누군가 잡아주기를 기다리는, 가련하고 무기력한 육체일 뿐.

"모르카르다……" 한참 침묵하다가 웅얼웅얼 난 중얼거렸다.

그는 움직이지 않고 놀라서 나를 쳐다보았다.

그는 다르게 불릴 수도 있었다.

어떤 사람은 **플리크**라고 부를 수도 있고 또 어떤 사람은 기분 좋으면 **플로크**라고 부를 수도 있는, 이름도 주인도 없는 길 잃은 개처럼 그는 거기에 서 있었다.

그는 아무것도 알지 못했으며, 자기 자신도 몰랐다. 그는 살기 위해 살았지만 사는 법을 몰랐고, 그의 가슴은 두근거렸지만 그것을 느끼지 못했으며, 숨을 쉬었지만 그것도 알지 못했다. 눈꺼풀을 움직였지만 그것도 의식하지 못했다.

나는 불그스름한 그의 머리털과 딱딱하고 창백하며 움직일 줄 모르는 그의 이마, 곡절 악센트 모양의 윗눈썹, 누렇게 얼룩진 각막 이쪽저쪽으로 구멍이 난 듯한 푸르스름한 두 눈이 시선을 잃고 놀라는 모습을 보았다. 그의 코는 오른쪽으로 휘었지만 독수리처럼 날카로웠고, 붉은빛을 띠는 콧수염은 입과 약간 튀어나온 딱딱한 턱을 가리고 있었다.

그렇게 작은 솜털로 뒤덮인 그의 신체 각 부분이 그를 이루고 있었다. 다른 방식으로 존재한다거나 키가 다르다는 것은 그와 무관한 일이었다. 예를 들어 그는 수염을 깎을 수도 있었다. 그러나 지금은 그랬다. 시간이 흐르면서 그는 대머리가 되거나 백발이 될 것이고 얼굴에 주름이 생기고 기력이 쇠할 것이며 이가 빠질 것이다. 사고를 당하면 눈에 유리를 박는다든지 목발을 짚고 다닌다든지 해서, 그의 외모는 추해질 수도 있었다. 그러나 지금은 그랬다.

누구였을까? 나였을까? 또 다른 사람일 수도 있겠지! 누구도 그 안에서 그가 될 수 있었다. 그는 나뿐만 아니라 내가 아닌 다른 사람을 위해서도 붉은 머리털과 곡절 악센트 모양의 윗눈썹과 오른쪽으로 휜 코를 가질 수 있었다. 그렇다면 왜 이 사람이 내가 되어야만 했을까?

사는 동안 나 자신에게 나에 대한 어떤 이미지도 표현한 적이 없었다. 그런데 왜 저 육체가 나를 말하는 필연적인 이미지 인양 그것이 표현하는 나를 보아야 했을까?

그 이미지는 마치 꿈의 환영처럼, 존재하지 않는 듯 내 앞에 있었다. 그러므로 내가 나를 몰라본 건 너무도 당연했다. 예를 들어 내가 나를 거울에 비춰본 적이 없었더라면? 그렇기 때문에 저기 저 모르는 사람의 머릿속에 바로 내 생각이 있다고 계속 생각하지 않았을까? 그러나 나는 그렇게 했고 수없이 많은 생각을 했다. 숱이 더 많을 수도 있고, 은발이거나 검은 머리 혹은 금발일 수도 있었던 저 머리카락 저 색깔이 내 생각과는 무슨 상관이 있으며, 검은색일 수도 하늘색일 수도 있었던 저 푸르스름한 두 눈과 오뚝한 코일 수도 들창코일 수도 있었던 저 코와 내 생각은 또 무슨 상관이 있겠는가? 내가 저기 있는 저 육신에 깊은 혐오감을 느끼는 건 너무 당연했으며, 실제로 혐오감을 느꼈다.

그러나 모든 사람에게 나는 저런 불그스름한 머리칼과 푸르스름한 눈, 그리고 저 코를 가진 사람이었다. 그러나 저기 있는 저 육신은 나에게 아무도 아니었다. 바로 그것이다. 아무것도 아니었던 것이다! 아무나 상황과 기분에 따라 오늘은 이렇게 내일은 저렇게 그가 좋아하는 모스카르다가 되기 위해 저기 있는 저 육신을 취할 수 있었다. 그리고 나 또한…… 그렇다! 난 그를 알고 있었을까? 난 그에 대해 무엇을 알 수 있었을까? 그를 응시했던 그 순간뿐인데. 내가 본 모습 그대로를 기대하지 않았거나 그렇게 느끼지 못했다면 그는 내게도 이방인이었다. 그 이방인은 저런 외모를 하고 있었지만, 또 다른 외모를 가지고 있을 수도 있었다. 그에게 눈을 고정했던 그 순간이 지나면, 그는 이미 다른 사람이 되었다. 단 하나 확실한 것은 그는 이제 소년 시절의 그가 아니었으며, 아직은 노년의 그도 되지 못할 것이라는 사실이었다. 나는 오늘 그의 모습에서 어제의 그를 알아내려고 애썼다. 저 부동의 단단한 머리로 내가 원했던 모든 생각을 품을 수 있었고 수없이 다양한 상상을 할 수 있었다. 예를 들어, 별빛을 받아 신비롭게 반짝이는 검은 숲과 새벽녘 한 척의 배가 천천히 닻을 내리던 눈 내리는 외로운 정박지를, 햇빛이 밝게 비춰 사람들의 얼굴이 빛나고 창 유리와 거울, 상점의 진열장들이 형형색색으로 물드는 가운데, 생기가 넘치고 사람들로 가득 찬 도시 거리를 상상할 수도 있었다. 갑자기 그런 상상을 멈추었더니, 그의 머리는 느닷없이 무뎌졌고 또다시 단단히 굳어버렸다.

그는 누구였을까? 아무도 아니었다. 이름도 없이 누군가 붙잡아주기를 기다리는 가련한 육체일 뿐이었다.

그러나 그렇게 생각하는 동안 갑자기 놀랍다기보다는 두려움이 앞서는 일이 벌어졌다. 나는 부지불식간에 무감각해진 그 가련한 육체에 달린 얼굴이 놀라서 비통하게 분해되는 모습을 보았다. 마치 울 것처럼 코를 씰룩거리고 눈썹을 추켜올리려 했다. 얼굴은 한순간 그렇게 침통한 표정을 짓더니, 갑자기 연거푸 재채기를 두 번 했다.

그 가련한 육체는 어디서 왔는지 모를 한 줄기 바람에 나름대로 저 혼자 자극을 받았던 것이다. 내게 한 마디 말도 없이, 내 의지와는 무관하게 말이다.

"몸 조심해!" 나는 그에게 말했다.

그리고 나는 거울 속에서 광기 어린 첫 미소를 보았다.

VIII

그러므로?

그러므로 이 일은 아무것도 아니었다. 당신들에겐 불충분해 보이겠지만! 다음은 파멸적인 성찰과 내 아내 디다가 느끼길 원했던 순전히 순간적인 쾌락에서 나온 결론의 첫 목록이다. 내 코가 오른쪽으로 휘었다고 지적한 것에 대해 말하는 것이다.

성찰

1. 지금까지 나라고 믿었던 내가 타인들에게는 내가 아니었다.
2. 난 살아가는 나를 볼 수 없었다.
3. 살아가는 나를 볼 수 없으니 나는 나에게 이방인, 다시 말해 남들은 그들 방식대로 보고 알 수 있지만 나는 그럴 수 없는 사람이었다.
4. 이 이방인을 보고 알기 위해 그를 내 앞에 서게 하는 것이 불가능했을 뿐만 아니라, 나는 나를 볼 수는 있었어도 그를 볼 수는 없었다.
5. 외부에서 평가를 받을 때, 나는 내 육신을 꿈의 환영처럼 생각했다. 사는 법을 몰라 누군가 붙잡아주기를 그곳에서 기다리는 하나의 사물이었다.
6. 때때로 내게 원하고 느꼈던 만큼 되기 위해 이 육체를 취했듯이, 다른 누군가가 그 나름대로 그것에게 실체를 부여하기 위해 그것을 취할 수 있었다.
7. 결국, 육체는 스스로에겐 아무것도 아니었고 그 누구도 아니었던 만큼 오늘 바람 한줄기에도 재채기를 했으니, 내일은 그 바람 한 줄기 때문에 사라져버릴 수도

있었다.

결론

당분간은 다음 두 가지다.

1. 드디어 나는 왜 디다가 나를 젠제라고 부르는지 이해하기 시작했다.
2. 나는 보다 가까운 사람들, 소위 아는 사람들이라 말하는 자들에게 내가 누구였는지 알아내기로 했고, 그들에게 나였던 나를 악의를 품고 해체하기로 마음먹었다.

두 번째 책

I
내가 있고 당신들이 있다

나는 이렇게 반박당할 수 있다.

'하지만 불쌍한 모스카르다, 당신이 겪은 것처럼 남들도 당신처럼 스스로 살아가는 모습을 볼 수 없을 것이라는 생각은 왜 안 해요? 지금까지 당신이었다고 믿었는데 당신이 아니었다면, 똑같이 남들도 당신이 그들을 본 대로 존재할 수 없었다는 것 등등은 왜 생각하지 않죠?'

대답은 이것이다.

나는 생각했다. 미안합니다만, 당신들도 그런 생각을 했다는 게 진정 사실입니까?

사실이라 생각하고 싶었다. 그러나 믿지 못하겠다. 실제로 당신들이 그런 생각을 해서, 나처럼 당신들도 그런 생각에 사로잡혀 있다면, 오히려 당신들 모두 내가 저지른 것과 똑같이 미친 짓을 할 것이다.

솔직하시라. 당신들은 결코 살아있는 당신들을 보고 싶다고 생각한 적이 없다. 당신들을 위해 사는 것에나 신경 쓰시길. 타인을 위해 살 수 있다는 생각일랑 버리는 게 좋다. 타인의 생각이 당신들에게 중요하지 않거나 오히려 당신들에게 매우 중요하기 때문은 아니다. 오히려 당신들 스스로 보는 당신들의 모습처럼 남들도 외부에서 당신들을 그렇게 보아야 한다는 축복받은 허상에 당신들이 빠져 있기 때문이다.

누군가 당신의 코가 오른쪽으로 약간 휘었다고 말해준다면? 그런 적 없다고? 어제 당신이 거짓말을 했다면…… 결코 그런 적이 없다고? 아주 사소한 거짓말 말이다, 영향력도 없는…… 요컨대 당신을 위해 존재하는 당신이 타인에게 존재하지 않음을 가까스로 알게 된다면 어떻게 하겠는가? (솔직하시길) 당신은 아무것도 하지 않거나 그나마 아주 작은 일을 할 것이다. 결국 자신만만하게 남들이 당신을 이해하지 못했거나 잘못 판단했다고 생각할 것이다. 그것으로 충분하다. 만약 부담이 된다면, 명확한 설명을 하면서 그렇게 판단한 것을 고쳐보려 애쓸 것이다. 부담이 되지 않는다면, 그냥 두고 달릴 것이다. 어깨를 으쓱하면서 이렇게 외치겠지. '아, 마침내 나는 나를 알게 됐어. 그걸로 충분해.'

그렇지 않다고요?

죄송하네요, 선생님들. 그런 심한 말을 입에 담았으니 당신들이 아주 하찮은 생각이나마 하도록 하는 것도 허락해 주시길. 당신들이 자신을 알았다는 것은 중요하지 않다. 당신들에게 그것뿐이라서 가치가 없다는 건 아니다. 나 또한 자신을 알고 있지만, 그건 중요하지 않다. 당신들에게 기쁨을 주기 위해 내가 말하고 싶은 게 바로 그것이다. 왜 그런지 아시는가? 왜냐하면 당신들에게도 의식이 있음을 나 또한 알고 있기 때문이다. 맞다. 그건 나의 것과는 아주 다르다.

잠시 철학자처럼 말했다면 용서하시길. 하지만 의식이란 게 자족할 수 있는 절대적인 무엇인가? 우리가 만약 혼자라면, 그럴 수도 있다. 하지만, 친애하는 선생님들, 의식은 없는 것 같다. 불행히도, 나는 존재하고 또한 당신들도 존재한다.

그러니 당신들이 자신을 알고 또 그걸로 충분하다고 하는데 그게 무슨 의미가 있는가? 당신이 나쁜 짓을 하지 않았음을 확신하고 또 그것으로 위안을 얻기 때문에 남들이 당신이 원하는 대로 당신을 생각하고 판단할 수 있다는 건 또 무슨 의미가 있는가? 오 제발, 타인이 없다면, 누가 당신에게 그런 확신을 주겠는가? 누가 당신에게 그런 위안을 주겠는가?

당신 스스로? 어떻게?

아, 그 방법을 알고 있다. 남들이 당신의 입장이 되고 그들에게도 당신이 겪은 일과 똑같은 일이 생긴다면 모두 더도 덜도 말고 당신만큼 동요하리라고 당신은 고집을 피울 것이다.

브라보! 허나 당신은 어떤 점에서 그걸 인정하지?

난 이것도 안다. 추상적이고 일반적인 원칙이라는 점이다. 그 원칙 중 추상적이면서도 일반적인 것은 인생의 구체적이고 특별한 경우를 배제하는 것이며, 모두가 동의할 수 있다는 것이다(비용은 거의 들이지 않고).

하지만 모든 사람이 당신을 비난하며 인정하지 않거나 비웃는다면 어떻게 될까? 확실한 것은 그들은 당신처럼 당신에게 생긴 특별한 경우 속에서 그런 일반적인 원칙들을 볼 줄 모르며, 당신이 저지른 행동 속에서 그들 자신을 볼 줄 모른다는 것이다.

그러니 뭘 하기에 의식으로 충분하다는 것인가? 당신이 혼자라는 걸 느끼기에? 그건 아니다. 으휴. 고독은 당신을 불안하게 만든다. 그렇다면 어떻게 할 것인가? 수많은 머리를 상상해보시길. 당신 것과 같은 모든 사람의 머리를. 오히려 당신 자신의 머리인 수많은 머리를. 그것들은 보이지 않는 선으로 연결된 듯 당신에게 이끌려, 주어진 신호에 네, 아니오, 아니오, 네라고 말한다. 당신이 원하는 대로. 그러면 당신들은 위안을 받고 또 확신을 얻을 것이다.

당신이 자신만만하게 알고 있는 거창한 놀이가 있는 그곳으로 가라.

II

그런 다음엔?

그러나 모든 것이 무엇 때문인지 아는가? 내가 그것을 말하겠다. 하느님이 항상 당신들을 보호한다는 생각 때문이다. 당신을 위해 존재하는 현실이 남들 모두를 위해서도 똑같이 존재하리라는 생각 말이다.

　당신들은 그 안에 살고 안전하다 여기면서 밖으로 걸어나간다. 현실을 보고 피부로 느끼며, 원한다면 그 안에서 시가 한 대(파이프를? 파이프)를 피우면서 행복한 표정으로 조금씩 허공으로 사라지는 연기를 본다. 남들이 보기엔 당신이 처한 현실이 그 연기보다 견고하지 않다는 걸 추호도 의심하지 않고.

　그렇지 않다고 말하겠는가? 잘 살펴보시길. 아버지는 어머니가 요절한 뒤, 어머니와 함께 살았던, 괴로운 기억으로 가득 찬 집에서 벗어나기 위해 집을 지으셨는데, 나는 그곳에서 아내와 함께 살았다. 그때 소년이었던 나는 얼마 지나지 않아 그 집이 결국 아버지에게 버림받은 곳이며, 누구든 들어오고 싶어 하는 사람들에게 개방된 곳임을 알았다.

　한쪽으로는 문이 없는 아치형 입구가 보강제를 버틴 채 높이 서 있었고, 다른 쪽으로는 끝없이 늘어선 벽이 드넓은 정원을 둘러싸고 있었는데, 기둥을 떠받치는 틀 아래는 파손되었으며, 기둥들 모서리는 칠이 벗겨져 있었다. 지금 생각해보니 아버지는 돌아가신 뒤, 모두인 동시에 아무도 아닌 나에게 남겨지리라 생각하셨기 때문인 듯 그 집을 막연히 빈 집으로 버려두신 것 같다. 그러니 대문 수리도 쓸데없는 일이었으리라.

　아버지가 살아 계신 동안 누구도 감히 정원 안으로 들어가지 못했다. 땅에는 네모난 모양으로 자른 수많은 돌들이 남아 있었으므로, 행인들이 그 돌들을 본다면, 당분간 중단된 공사가 곧 재개되리라는 생각을 할 수도 있었다. 그러나 자갈 사이와 담을 따라 잡초가 자라기 시작하자, 그 쓸모없는 돌들은 곧 깨지고 금이 갔다. 시간이 지나고, 아버지가 돌아가시자, 그 돌들은 이웃집 아낙들의 의자가 되었다. 아낙들은 처음엔 머뭇거리더니, 이제는 그늘에서 조용히 앉을 수 있는 자리를 찾는 듯 이쪽저쪽으로 감히 대문을 침범했다. 아무도 뭐라고 하는 사람이 없었으므로 아낙들은 병아리를 풀어놓고 정원 가운데에 있는 우물이 자기들 것인 양 사용했다. 그곳에서 빨래를 하고 옷을 말렸으며, 마침내는 빨랫줄에 나부끼는 셔츠와 흰 식탁보를 눈부시게 비추는 햇빛을 쐬며, 원숭이들이 서로 머리를 헤집어주듯, 서로의 머리를 '헤집어주기' 위해 빛나는 금발을 어깨에 풀어헤쳤다.

색이 바랜 파란색 상의 위로 혹이 두드러지고 메마른 시선으로 늘 불평만 해대는 할머니를 보면 특히 화가 나고, 볼썽사나운 젖가슴을 항상 밖으로 드러낸 채 불그스름한 솜털 사이로 우유가 말라붙어 있고 머리엔 기름이 진득하게 낀 지저분한 아기를 무릎에 안고 있는 남루한 행색의 노파가 불쾌한 악취를 풍겨도, 나는 결코 그들의 침입에 대해 짜증도 반가움도 보이지 않았다. 아내는 그들을 그곳에 내버려둠으로써 취하는 이득이 있었을 것이다. 그들에게 남은 음식이나 헌옷을 주면서 필요할 때 일을 부려먹었기 때문이다.

도로처럼 자갈로 포장된 정원은 전체적으로 경사가 졌다. 방학 때마다 기숙사를 나와 새로 지은 집 발코니 중 한 곳에서 얼굴을 내밀곤 하던 소년이 보인다. 정원 한가운데서 신비로운 소리를 내며 흐르는 커다란 우물과 경사진 자갈들이 내뿜는 그 거대한 백색을 보면서 나는 얼마나 괴로워했던가! 그때부터 이미 두레박줄에 달린 도르래의 붉은 철판 받침대는 녹슬어 가고 있었다. 병이 난 듯 색이 바랜 붉은 철판이 얼마나 슬프게 보였던지! 아마 나는 밤마다 바람이 불어 두레박 줄이 도르래를 스칠 때마다 들리는 우울하게 삐걱대는 소리 때문에 병들었을 것이다. 황량한 정원에 별들이 반짝였지만, 먼지로 뒤덮여 공허한 밝음을 드러냈으며 별들이 빛나는 하늘은 영원히 그렇게 변치 않을 것만 같았다.

내 사업을 돌봐주어야 했던 콴토르초는 아버지가 거주하셨던 방들을 칸막이로 막아 임대하려 했다. 아내도 반대하지 않았다. 얼마 후, 그 작은 아파트에 연금을 받는 노인이 들어왔다. 말수가 적은 노인은 항상 옷을 잘 차려입은 데다 청결했으며, 키가 작았지만 가슴을 똑바로 편 우아한 몸집이었고 다소 야위었지만 원기 왕성한 얼굴에는 은퇴한 연대장처럼 군인다운 당당함이 엿보였다. 두 눈은 마치 서예가가 견본으로 그려놓은 듯한 물고기 모양이었으며, 뺨에는 보랏빛 실핏줄이 씨실처럼 빽빽이 돌출해 있었다. 나는 결코 그에게 주의를 기울인 적도 없었고 그가 누구며 어떻게 사는지 신경 쓰지도 않았다. 어쩌다 계단에서 그를 마주친 적은 있었는데, 매우 상냥하게 '본 조르노' '보나 세라'라며 인사하는 것을 보자마자, 내 이웃이 예의 바른 사람이라고 생각했다.

밤마다 귀찮게 굴던 모기들에게 이웃이 짜증을 낼 때도 나는 일말의 의심을 품지 않았다. 아버지가 돌아가신 뒤, 콴토르초가 지저분한 임대 창고로 개조한, 우리 집 오른쪽에 있던 백화점에서 날아온 모기들이려니 생각했을 것이다.

"아, 벌써!" 이웃이 불평했던 그때 난 그렇게 응답했다.

나의 외침 소리엔 이웃을 괴롭히는 모기들이 아니라 깨끗하고 바람이 잘 통하는 백화점에 대한 불쾌함이 묻어 있었음을 난 아직도 확실히 기억한다. 어린 시절부터 백화점 건물을 짓는 걸 보았는데, 나는 차가운 공사장의 음습한 공기에 취한 듯 유혹적인 흰색 석고에 이상하게 매료되어 벽돌을 만드는 굉음 소리를 들으면서 온몸에 석회를 묻힌 채 그곳으로 달려가곤 했다. 쇠격자를 박은 커다란 창문을 통해 햇빛이 비칠 때면 나는 벽이 내 눈을 멀게 할 것 같아 눈을 감아야 했다.

특히 어린 시절 말 세 마리가 끄는 낡은 임대 마차와 마차 보관소를 보고 있을 때면, 비록 마차가 더러운 악취를 풍기고 앞에 고인 물이 튀겨 검게 얼룩져 있었어도, 나는 경쾌하게 달리는 마차를 생각했다. 그 시절 드넓은 들판 사이로 난 큰 길을 따라 시골로 휴가를 가곤 했었는데, 그 길은 마치 경쾌한 방울 소리가 짤랑짤랑 울려퍼지도록 만들어놓은 길 같았다. 그 기억 덕분에 가까이에 마차보관소가 있어도 참을 수 있었던 것 같다. 리키에리 사람들은 그러나 마차보관소가 그렇게 가까이 있는 게 아니었는데도 모두들 집에서 모기장을 사용하고 있을 정도로 모기 때문에 힘들어했다.

이웃 노인이 성난 얼굴로 모기장 때문에 숨 막혀 죽겠다고 소리쳤을 때 내 입술이 미소를 짓고 있는 걸 본다면 노인이 무슨 생각을 할까. 나의 미소는 물론 놀람과 동정을 의미했다.

모기장을 견딜 수 없다니. 모기들이 리키에리에서 모두 사라져버린다 해도 나는 모기장을 쓸 것이다. 모기장이 내가 잡은 대로 위로 올라갔다가 침대 가장자리에 주름 없이 똑바로 서는 걸 보면 기분이 좋았다. 얇은 명주 그물의 무수히 많은 구멍들 사이로 보이다 사라지는 방. 한쪽에 외롭게 놓인 침대. 마치 하얀 구름 속에 휩싸인 듯한 그 느낌.

그때 우연히 만난 뒤로, 내가 누군지 노인이 궁금해하리라는 사실은 신경 쓰지 않았다. 나는 여전히 계단에서 그를 만났고, 예전처럼 '본 조르노' '보나 세라'라고 말하는 걸 보고 정말 예의바른 노인이구나 하고 생각했다.

그러나 계단에서 예의 바르게 '본 조르노' '보나 세라'라고 말하는 순간, 노인은 내가 정말 완벽한 바보라고 생각했을 것이 틀림없다. 그는 정원을 침범하는 이웃집 아줌마들과 빨래터의 악취, 그리고 모기를 모두 견디고 있었기 때문이다.

만약 노인의 내면에 있는 나를 볼 수 있었다면 '오, 하느님, 내 이웃은 정말 예의 바른 사람이군요'하고 생각하지는 않았을 것이다. 허나 노인은, 내가 결코 나를 볼 수 없었던 것과 마찬가지로 외부에서, 다시 말해 그 또한 사물과 사람들에 대해 그 나름 가졌던 시각으로 나를 보았으며, 그 시각 속에서 나는 그의 생각을 따라 완벽한 멍청이로 살고 있었다. 나는 그것을 몰랐으므로, 계속해서 '오, 하느님, 나의 이웃은 정말 예의 바른 사람이군요'하고 생각했다.

III
들어가도 좋다면

난 당신의 방문을 두드린다.

당신은 안락의자 위에 편하게 누워 있다. 난 여기 앉겠다. 안 됩니까?

"왜지?"

아, 그것은 수년 전 당신의 불쌍한 엄마가 주셨던 소파로군. 미안한 일이지만, 난 당신 어머니를 위해 한 푼도 쓰지 않았을 터고, 반면에 당신은 세상의 금은보화를 다 준대도 그녀를 팔지 않았을 것이다. 난 그것을 잘 알고 있다. 그렇게 좋은 가구로 꾸며진 당신의 방에 있는 모친을 누군가 본다면, 알지도 못하는, 누더기를 걸친 창백한 노인을 어떻게 이곳에 둘 수 있냐며 놀랄 것이다.

이것들은 당신의 의자다. 이것은 책상인데, 그렇게 좋은 물건은 없을 것이다. 저것은 정원으로 난 창문이다. 그리고 저 밖으로는 소나무와 삼나무가 보이고.

난 알고 있다. 저쪽으로 삼나무들이 보이는, 정말 좋은 이 방에서 보냈던 달콤한 순간들을. 그러나 그 방 때문에 당신은 친구와의 우정에 금이 갔다. 그는 처음엔 거의 매일 당신을 보러 왔지만 이제는 오지 않는다고, 심지어는 이런 집에서 사는 당신이 미쳤다고 모두에게 떠벌린다.

"차례로 줄지어 자라는 삼나무들이," 당신 친구는 떠벌린다. "선생님들, 모두 스무 그루가 넘어요. 마치 묘지 같아요."

그는 도무지 마음을 진정하지 못한다.

당신은 눈을 감고, 어깨를 움츠리면서 한숨을 쉰다.

"취향의 문제야!"

당신에겐 취향이나 견해 혹은 습관의 문제처럼 보이기 때문이다. 당신은 소중한 물건들의 실상은 조금도 의심하지 않고, 이제 즐거운 마음으로 그것들을 보며 어루만진다.

그 집을 떠나, 바로 오늘로부터 3, 4년이 지난 후, 다른 친구와 함께 집으로 돌아와 보시길. 소중했던 옛 시절보다 더 소중한 걸 보게 될 것이다.

"와, 이곳이 방이야? 이곳이 정원이고?"

제발, 가까운 당신의 친척이 죽지 않았기를. 당신 또한 저쪽에 있는 삼나무들이 모두 묘지처럼 보일 것이기 때문이다.

그리고 다 아는 사실이지만, 당신은, 영혼은 침묵하며 누구나 실수할 수 있다고 말한다.

사실 그건 해묵은 이야기다.

그렇다고 또 다시 아무 말도 하지 않겠다는 것은 아니다. 단지 이렇게 묻고 싶을 뿐이다.

"맙소사, 그때 왜 그걸 모르는 것처럼 행동했습니까?"

당신은 왜 줄곧 오늘 당신의 현실만이 유일한 현실이라 믿는가? 또한 노여워하고, 화를 내고, 아무리 해도 당신과 똑같은 영혼을 가질 수 없는 당신 친구가 잘못했다고 소리치는 이유는 무엇인가?

IV
다시 한번 미안합니다

한마디만 더 하고 그만 하겠다.

당신에게 상처를 주고 싶지는 않다. 당신은 당신의 의식을 말한다. 당신은 당신의 의식에 대해 의심하길 원치 않는다. 그 사실을 잊고 있었군. 미안하지만 나는, 당신 내면 속의 당신은 내가 외부에서 보는 당신이 아니라는 사실을 알고 있다. 그건 사악한 의지 때문은 아니다. 적어도 이 사실만은 이해하기 바란다. 당신은 내 것이 아닌 당신 방식대로 당신을 인식하면서, 느끼고 또 그런 당신을 원한다. 당신은 옳고 나는 그르다고 당신은 또다시 생각한다. 그럴 수 있다. 부인하진 않겠다. 하지만 당신의 방식이 내 것이 될 수 있고 또 그 반대가 될 수도 있을까?

여기서 우리는 다시 처음으로 되돌아가지 않는가!

나는 당신이 말한 모든 것을 믿을 수 있다. 나는 그것을 믿는다. 여기 의자가 있으니 앉아서 우리 서로 통하는지 봅시다.

잠시 대화를 나눈 뒤, 우리는 서로를 완벽히 이해했다.

내일 당신은 두 손으로 얼굴을 가리고 내게 와서 소리칠 것이다.

"하지만, 왜? 당신이 무엇을 알았죠? 당신이 그렇고 그렇다고 말하지 않았던가요?"

물론 그렇고 그렇다. 하지만, 친애하는 그대여, 당신은 당신이 한 말이 내게 어떻게 표현되는지 결코 알 수 없으며 나도 당신에게 그것을 전달할 수 없다는 것 바로 그것이 불행이다. 당신은 거짓말을 하지 않았다. 당신과 나는 동일한 언어와 동일한 말을 사용했다. 하지만 그 말이 그 자체로 공허하다면 우리의 잘못은 무엇인가? 친애하는 그대여, 공허한 말인 것이다. 당신은 내게 말할 때 그 말에 당신의 의미를 가득 채운다. 나는 그것을 받아들일 때 필연적으로 나의 의미로 가득 채우게 되고. 우리는 서로 이해했다고 믿었지만 결코 이해하지 못했다.

아, 알다시피 이것도 구태의연한 이야기다. 난 또다시 아무 말도 않으련다. 단지 당신에게 물어보겠다.

"하지만, 그때, 오, 하나님, 당신은 왜 아무것도 모르는 듯 행동했죠?" 나에게 당신이 누구이고, 또 당신에게 내가 누군지 당신이 안다면, 내가 당신에 대해 말한다는 건 당신이 스스로 부여한 것과 동일한 현실을 내가 마음속으로 당신에게 준다는 걸 의미할 것이다. 그리고 그 반대도 가능하다. 그런데 이것이 불가능하다는 건가?

아, 친애하는 친구여, 아무리 노력해도 당신은 당신의 방식대로 규정된 현실을 내 방식이라고 굳게 믿으면서, 항상 내게 줄 것이다. 아마 그럴 것이다. 하지만 그 방식은 나는 모르고 또 결코 알 수 없는 '내 방식'으로 규정된 현실이다. 외부에서 나를 보는 당신만이 아는 방식인 것이다. 그러니 그것은 당신에겐 '내 방식'이지만 내게는 '내 방식'이 아니다.

우리 외부에서 볼 때에는 당신에게나 내게나 그 자체로는 동일하고 변할 수 없는 각자의 고매한 현실이 있을 수도 있다. 그런 것은 없다. 나의 현실은 내 안에서 나를 위해 존재한다.

그것은 내가 내게 부여하는 현실이다. 당신의 현실은 그러나 당신 안에서 당신을 위해 존재한다. 그 현실은 당신이 당신에게 부여하는 현실인 것이다. 그 두 개의 현실은 당신에게나 내게나 결코 동일하지 않을 것이다.

그렇다면?

그렇다면, 이보게, 이렇게 서로를 위로해야겠군. 나의 현실은 당신의 현실보다 진실하지 않으며, 당신의 현실 또한 내 현실만큼이나 순간적이라는 사실로 서로를 위로하는 건 어떨지.

머리가 돌 지경인가? 그렇다면 그렇다면…… 이제 그만 합시다.

V
고착

자, 그러니, 이렇게 말하고 싶다. 이젠 그런 말을, 당신에게 당신의 의식이 있다는 말을 하지 말아야 한다는 것이다.

당신이 언제 그렇게 행동했지? 어제, 오늘 아니면 일 분 전에? 아니면 지금? 아, 지금 당신은 다르게 행동할 수 있다고 인정할 마음이 있다. 왜지? 오, 하나님, 당신 얼굴이 창백해지는군. **일 분 전에 당신이 다른 사람이었다는 걸 당신 또한 지금 깨달았나?**

그렇다. 그렇고말고. 친애하는 친구여, 잘 생각해보라. 일

분 전에, 당신에게 이런 일이 일어나기 전에, 당신은 다른 사람이었다. 뿐만 아니라 당신은 백 명의 타인이기도 했고, 십만 명의 타인이기도 했다. 할 일은 아무것도 없다. 날 믿으라. 놀랄 필요도 없다. 차라리 지금부터 오늘의 당신이 내일도 존재하리라는 확신이 있는지 생각해보라.

친애하는 친구여, 진실은 바로 이것이다. 모든 게 고착이다. 오늘 당신은 어떤 방식을 고집하다가 내일은 다른 방식을 고집하게 된다.

어떻게, 왜 그런지 말하겠다.

VI
오히려 지금 그것을 말하겠습니다

집 짓는 것을 본 적이 있는가? 난, 이곳 리키에리에서 많이 봤다. 보면서 이런 생각이 들었다.

'만들 수 있는 저 사람을 봐! 산을 절단하여 돌을 파내고 그것을 네모난 모양으로 자르고 있어. 그리고는 하나씩 포개고 있어. 존재하지 않던 것이 존재하게 되는 거야. 산의 일부였던 것이 집이 됐어.'

산이 말한다. "나는 산이다. 난 움직이지 않는다."

네가 움직이지 않는다고? 저기 황소들이 끄는 수레를 봐. 그것들은 너와 너의 돌들을 싣고 있어. 너를 수레에 실어 나르고 있다고, 이 친구야! 네가 그곳에서 꼼짝 않는다고 생각해?

넌 이미 평원에서 2마일 떨어져 있어. 어디에 있냐고? 저기 저 집들이 있지. 안 보여? 노란색과 빨간색, 하얀색 집들 말이야. 각기 3층, 4층, 5층집이야.

너의 너도밤나무와 호두나무와 전나무들이 어디 있냐고?

여기 우리 집에 있어. 그것들을 우리가 얼마나 잘 가공했는지 안 보여? 누가 이 책상과 옷장, 책장이 그 나무들인 줄 알겠니?

산아, 너는 사람보다 훨씬 커. 너는 또한 너도밤나무이자 호두나무, 전나무야. 하지만 인간은 미천한 동물이라서 너희들이 가지지 않은 무언가를 가지고 있단다.

항상 서 있다는 것, 다시 말해 오직 두 발로만 서 있으면 피곤했어. 다른 동물들처럼 땅에 누우면 편하게 있질 못하고 병이 났지. 왜냐하면 털을 잃어버렸기 때문이야. 털 말이야! 털이 더욱 가늘어졌거든. 그러자 나무를 본 인간은 그것으로 더욱 편하게 앉을 수 있는 무언가를 고안해낼 수 있었지. 그러다 원목조차 편하지 않다고 여겨 그것에 가죽을 씌웠단다. 가축들의 가죽을 벗기고 털을 깎아서 나무를 가죽으로 입혔지. 그리고 가죽과 나무 사이에 털을 넣었단다. 그리고 그 위에 행복하게 누웠지.

"아, 이렇게 하니 얼마나 좋은가!"

커튼 사이 창문 선반에 걸어둔 새장에서 방울새가 노래한다. 다가오는 봄을 느낀 것일까? 아, 방울새의 노랫소리에 삐걱대는 소파의 호두나무도 봄을 느꼈을 것이다.

새장에 갇힌 새와 소파가 된 호두나무는 그렇게 노래하고 삐걱대는 소리를 내며 서로를 이해할 것이다.

VII
집이 무슨 상관입니까?

집에 대한 이런 이야기는 내가 하던 이야기와 아무 상관이 없는 듯 보일 것이다. 지금은 도시를 이루는 다른 집들 사이에서 당신의 집을 있는 그대로 보기 때문이다. 당신은 당신 옆의 가구들을 본다. 당신의 취향과 재력에 따라 편하게 쓰기 위해 구매한 것들이다. 그 가구들은 당신의 모든 추억에 따라 존재하는 듯 생기를 보이며 달콤하고 친근한 위안을 준다. 그것들은 이제 물건이 아니라 당신의 소중한 분신이 되었고, 그 속에서 당신은 당신이 존재한다는, 명확한 현실처럼 보이는 현실을 어루만지고 느낄 수 있다.

그것들은 너도밤나무나 호두나무 혹은 전나무로 만들었을 것이다. 당신의 가구들은 친근한 가정에 대한 기억처럼 모든 집에서 발산하는 특별한 향기를 발산한다. 그 향기가 없을 때, 이를테면 남의 집에 들어가자마자 다른 냄새를 맡게 될 때, 더 많이 생각나는 어떤 향기를 우리의 삶에 부여한다. 산의 너도밤나무와 호두나무, 전나무들을 떠올리니 당신은 짜증이 나는군.

당신은 내가 당신에게 한 말을, 나의 광기를 상당히 이해한 듯 당황해서 이렇게 묻는다.

"왜죠? 이게 그거랑 무슨 상관이죠?"

VIII
밖으로 나가서

그러지 말아요. 가구들이 망가질까, 집에 대한 애정과 평화가 사라질까 두려워 말아요.

바람 좀 쐐야지! 집을 떠납시다. 도시를 떠납시다. 내 말을 믿을 수 있다고 말하려는 건 아니다. 그냥 두려워 말라는 것이다. 주변 집들을 따라 시골로 통하는 길까지 날 따라오시길.

그래, 이 길이다. 그 길이 아니라고 할까 봐 두려운가? 길이 계속된다. 자갈길이 나오니 조심하시라. 저것은 가로등이다. 안심하고 앞으로 걸어가시길.

아, 저기 멀리 보이는 푸른 산들! 내가 '푸르다'고 했으니, 당신도 '푸르다'고 하겠지. 그런가? 좋다. 근처에 밤나무 숲이 있어 이곳에는 밤나무들이 많다. 밤나무 아닌가? 잘 보시라. 우린 정말 잘 통하지 않는가? 몸통이 참나무과인 식물에 대해서 말이다. 밤색의 밤나무. 정말 드넓은 평원이 앞에 있군('초록색'이죠? 당신에게도 내게도 '초록색'이다. 그렇게 말했으니, 우리는 놀랍게도 서로 통했다). 저쪽 초원을 보시라. 햇빛을 받은 양귀비들이 얼마나 붉게 타오르는지! "아, 뭐라고? 아이들이 입고 있는 빨간 외투라고요?" 세상에, 멍청하긴! 빨간 외투군. 당신이 옳아. 난 양귀비인 줄 알았지. 당신 넥타이도

빨간색이군. 깨끗한 대지에 불어오는 이 푸르고 파랗고 쌀쌀한 바람이 정말 유쾌하군! 회색 펠트 모자를 벗고 있나요? 벌써 땀이 납니까? 보기 좋게 살이 오르셨군. 주님의 은총이 함께 하기를! 당신의 검은색과 흰색 체크무늬 바지를 뒤에서 볼 수 있다면…… 재킷을 벗어요! 너무 더운 것 같아서.

시골이다! 정말 평화롭지 않은가? 당신은 해방감을 느낀다. 그렇다. 하지만 그것이 어디에 있는지 내게 말해줄 수 있겠는가? 평화 말이다. 두려워 마시길, 두려워 마시길! 진정 이곳에 평화가 있는 것 같은가? 제발 우리 서로를 이해합시다! 우리의 완벽한 합의를 깨지 맙시다. 이렇게 말해도 좋을지 모르겠지만, 이 순간 나는 내가 끝도 없이 멍청하다는 것을 느낄 뿐이며, 그로 인해 당신의 얼굴뿐만 아니라 내 얼굴도 축복받은 바보의 얼굴 같다고 느낀다. 이처럼 바보 같은 상황에서만 살 수 있을 것 같은, 그저 살기 위해 사는 듯 보이는 대지와 초목 덕분에 말이다.

그러니 우리가 평화라고 부르는 것이 우리 안에 있다고 말하자. 그렇지 않은가? 평화가 어디서 왔는지 아시는가? 우리가 지금 도시에서 **빠져나왔다는** 단순한 사실로부터다. 다시 말해 **건설된** 세계, 즉 집들과 거리·교회·광장에서 벗어났다는 사실로부터. 그렇다고 이 **건설됨**이라는 것 때문은 아니다. 도시에서는 이 초목들처럼, 살고 있다는 사실을 알지도 못한 채 그렇게 살기 위하여 살지는 않기 때문이다. 오히려 도시에는 없지만, 우리가 시골에 둔 무언가를 위해, 말하자면 삶에 의미와 가치를 주는 무엇인가를 위해 산다. 이 시골에서 당신은 적어도 부분적으로나마 잃어버리는 데 성공했거나, 아니면 슬픈 허영심을 다시 불러일으키게 될 어떤 의미와 가치 때문에 무기력해지고 마침내는 우울해진다. 이해한다. 긴장을 푸시라. 슬프지만 당신을 떠나보내야 한다. 당신은 해방감을 느끼고, 당신의 몸을 맡긴다.

IX
구름과 바람

아, 돌 하나, 식물 한 그루처럼 존재하는 걸 이젠 의식하지 말기를! 자신의 이름조차 기억하지 말기를! 팔베개하고 풀밭에 누워, 햇빛에 부풀어 올라 파란 하늘을 떠다니는 눈부신 흰 구름을 보라. 그리고 발밑의 밤나무 숲에서 마치 파도 소리처럼 들려오는 바람 소리를 들어보라.

구름과 바람이라.

당신, 뭐라고 말했지? 세상에, 세상에나. 구름이라고? 바람이라고? 저기 끝없이 파란 공간을 항해하는 빛나는 저것이 구름이란 걸 이미 느끼지 못했는가? 당신은 구름이 된다는 것을 알고 있는가? 나무와 돌은 구름을 모를 뿐만 아니라 자신들도 모른다. 그것들은 혼자다.

나의 친애하는 친구들이여, 구름을 보고 인식할 수 있다면 다시 물이 되기 위해 구름이 되는 물의 이야기도 생각할 수 있다(왜 안 되겠는가?). 정말 좋은 일이다. 물리학 교수라는 불쌍한 작자는 이런 이야기를 당신에게 충분히 설명해줄 수 있다. 하지만 이유의 이유를 설명하는 데도 *그가* 적격이라고 할 수 있을까?

X
작은 새

밤나무 숲에서 도끼 찍는 소리를 들어보라. 저 아래 채석장의 곡괭이질 소리를 들어보라.

집을 짓기 위해 산을 점령하고 나무들을 쓰러뜨린다. 저기 오래된 도시에는 다른 집들이 있다. 모든 종류의 빈곤과 괴로움, 힘겨움이 있다. 왜냐고요? 굴뚝을 만들기 위해서죠, 선생님들. 그리고 이 굴뚝을 통해 곧 허공으로 사라져버릴 약간의 연기를 내보내기 위해서죠.

사람들의 기억과 생각도 모두 그 연기처럼 사라진다.

우리는 들판에 나와 있다. 무기력으로 온몸이 풀린다. 환영과 속임수, 고통과 기쁨, 희망과 욕망을 뛰어넘어 인간들이 태연하게 만들어내는 물건들을 보고 있으면, 그것들이 헛되고 일시적이라 생각하는 건 자연스러운 일이다. 석양이 질 때 장밋빛 대기 속에 떠 있는 높은 산, 지평선에서 희미하게 보이는 골짜기 너머 아득히 먼 곳에 있는 저 높은 산을 바라보는 것으로 충분하다.

풀밭에 누워 펠트 모자를 던져버리고 나면, 당신은 비참한 기분이 들 것이다. 그러면 이렇게 소리치시길.

"오, 인간의 야망이란!"

좋다. 얼마나 득의양양한 외침인가! 인간은 당신의 저 모자처럼 날기 시작해 새가 됐으니 말이다! 저기 저 작은 새가 어떻게 날고 있는지 보라. 그 새를 보았는가? 함께 즐겁게 지저귀는 건 정말로 더없이 순수하고 쉬운 일이다. 이제 새가 되고 싶어 하는 인간의 치명적인 고뇌와 근심, 공포 그리고 파괴되는 서툰 기계를 생각해보시길! 여기에는 날갯짓하는 소리와 지저귀는 소리가 있지만, 저기엔 시끄럽고 악취 나는 모터 소리와 죽음이 있다. 모터가 망가지고 멈추게 되면, 작은 새도 끝장이다!

"인간이여," 당신들은 풀밭에 누워 말한다. "날기를 그만둬라! 왜 날고 싶어 하는가? 네가 언제부터 날았다고?"

잘했습니다. 당신들이 지금 이 순간 그렇게 말한 건, 시골 풀밭에 누워 있기 때문이다. 이제 일어나 도시로 들어가 보시길. 들어가자마자 당신들은 인간이 날고 싶어서 그런 것이라고 생각할 것이다.

친애하는 친구들이여, 당신들은 정말로 나는 작은 새를 보았다. 그때는 거짓 날개와 기계의 비행이 갖는 의미와 가치를 잊었다. 당신들은 곧, 축소하든 새롭게 건설하든 모든 것이 허위이고 기계인 곳에서 잊었던 그 의미와 가치를 다시 찾으리라. 세상 속에 있는 또 다른 세상, 즉 제작되고, 배합되고, 조립된 세상. 기교와 과실, 적응, 허위, 허영의 세상. 그 세상을 만든 사람에게만 의미와 가치를 갖는 세상.

자, 손을 내밀어 일으켜 줄 테니 잠시 기다리시길. 당신은 살이 쪘군. 잠깐, 등에 풀이 몇 가닥 묻어 있군…… 자, 갑시다.

XI
다시 도시로 들어가면서

이제 우리의 포르타 베키아 도로 양쪽 보도를 따라 줄지어 서 있는 나무들을 보시길. 아, 베고 빗질한 상태에서 황망한 표정을 짓고 있는 불쌍한 나무들!

나무들은 생각하지 않을 것이다. 동물들도 사고하지 않을 것이다. 하지만, 나무들이 생각할 수 있다면, 오, 하느님, 그것들이 말할 수 있다면, 그늘을 만들기 위해 도시 한가운데에 인간이 키우는 이 불쌍한 것들이 뭐라고 말할지 누가 알겠는가! 상점 진열장에 비친 자신들을 보며, 도시 생활의 소란한 무질서 속 분주히 움직이는 수많은 사람들 사이에서 자신들이 무엇을 하고 있는지 물어오는 것 같다. 여러 해 전에 심어진 그것들은 비참하고 쓸쓸한 나무들로 남았다. 나무는 귀가 없는 척한다. 하지만 나무들도 성장하기 위해서는 고요함을 요구할지 모르지 않는가?

당신들은 도시 밖 올리벨라 광장에 가본 적 있는가? 흰옷 입는 삼위일체 수도회의 낡은 수도원에는? 그 작은 광장의 꿈꾸는 듯한 무욕의 분위기란! 그 오래된 수도원의 사향 냄새나는 검은 기와에서 유쾌한 아침 햇살이 푸르게 비칠 때 감도는 침묵은 또 얼마나 기이한가!

어쨌든 해마다 그곳의 대지는 우둔하지만 모성적인 순수함으로 그 침묵을 이용하려 한다. 아마도 대지는 그곳이 도시가 아니라서 작은 광장을 내버려 둔다고 믿었을 것이다. 그리하여 포장도로 사이로 난 많은 풀을 조금씩 조용히 잡아 늘여 광장을 회복하려고 한다. 순식간에 작은 광장을 파랗게 물들이는 그 연약하고 수줍은 풀잎보다 신선하고 부드러운 건 없다. 그러나 어찌하다 한 달도 채 되지 않아서 그곳은 도시가 된다. 풀잎들이 나오는 건 허락되지 않는다. 매년 네다섯 명의 청소부들이 땅에 쭈그리고 앉아 작은 칼로 풀뿌리들을 뽑아버린다.

재작년엔 그곳에서 작은 새 두 마리를 보았다. 울퉁불퉁한 회색 포장도로 위에서 부딪치는 금속성 소리가 들리면 새들은 수도원의 홈통과 울타리 사이를 오가며 작은 머리를 흔들었으며, 저 사람들이 저기서 뭐하고 있느냐고 묻는 듯 고뇌에 찬 곁눈질을 했다. "새들아, 보이지 않니?" 난 새들에게 말했다. "저 사람들이 무슨 일을 하는지 안 보여? 이 오래된 도로의 수염을 깎고 있어."

새들은 소름이 끼쳐 도망가버렸다.

날개가 있어 도망갈 수 있으니 새들은 얼마나 축복받았는가.

많은 동물들이 그럴 수 없다. 동물들은 포획당하여 우리 속에 갇혀 도시뿐만 아니라 시골에서도 사육당한다. 인간들의 괴상한 요구에 강제로 복종해야 하다니, 얼마나 슬픈 일인가!

인간들이 그런 일을 어떻게 이해할 것인가? 인간들은 수레를 끌고, 쟁기를 끈다.

동물과 식물, 모든 사물은 그 자체로서 의미와 가치를 가질 것이다. 하지만 인간은 그들 나름대로 식물과 동물에 부여하는 의미에 갇혀 있어 그것을 이해할 수 없으며, 때때로 자연 또한 자기 관점에서 그것을 못 본 척, 모르는 척한다.

인간과 자연은 서로 더욱 소통해야 한다. 자연은 매우 빈번하게 우리의 독창적인 건물들을 파괴하는 걸 즐긴다. 태풍, 지진…… 그러나 인간은 패자로서 굴복하지 않는다. 재건하고 재건하는 멍청한 고집쟁이. 인간에게는 모든 것이 재건의 재료가 된다. 인간은 뭔지 모를 그 어떤 것을 지니고 있다. 그것 때문에 무지하지만 참고 싶을 땐 그나마 참아주는 자연이 자신에게 제공하는 재료를 억지로 건설하여, 자기 방식대로 변형시켜야 하기 때문이다. 상반된 시도가 나올 수도 있겠지만, 인간의 적응과 건설 때문에 사물들이 고통을 느낄 수 있다는 걸 모르는데, 인간이 오로지 그런 사물들로부터만 만족을 느낄 수 있다면 어떻게 될까? 그렇지 않습니다, 선생님들. 인간은 자기 자신조차 재료로 취한답니다. 네, 그렇습니다. 선생님들. 마치 집처럼 자신을 건설합니다.

그럭저럭 당신을 건설하지 않는다면 자신을 인식할 수 있다고 믿는가? 당신을 내 방식대로 건설하지 않는다면 당신이 나를 인식할 수 있을까? 이 형태가 똑같을까? 내게나 당신에게나 똑같겠지만, 당신에게서처럼 내게도 그런 것은 아니다. 당신이 내게 부여한 형태 속에서 내가 나를 알 수 없듯 내가 당신에게 준 형태 속에서 당신은 당신을 알 수 없다. 동일한 사물이 모두에게 똑같은 사물인 것은 아니며, 우리들 각자에게도 그것은 계속 변할 수 있다. 사실 계속 변하고 있다.

어쨌든 우리가 우리 자신에게 부여할 수 있는 순간적인 형태가 아니라면, 어떤 현실의 외부에 또 다른 현실이 존재하지는 않는다. 내가 당신을 위해 가지고 있는 현실은 당신이 내게 준 형태 속에 있다. 그러나 그것은 당신을 위한 현실이지 나를 위한 현실은 아니다. 당신이 나를 위해 가지고 있는 현실은 내가 당신에게 준 형태 속에 있다. 그러나 그것은 나를 위한 현실이지 당신을 위한 현실이 아니다. 내가 나에게 줄 수 있는 형태가 아니라면 내게 다른 현실은 존재하지 않는다. 왜 그럴까? 나는 명백히 나를 건설하기 때문이다.

아, 당신은 오직 집만 짓는다고 생각하는가? 나는 계속하여 나를 짓고 당신을 짓는다. 당신도 마찬가지다. 감정의 재료가 부서질 때까지, 그리고 당신이 의지의 시멘트를 굳게 할 때까지 건설은 계속된다. 굳은 의지와 불변하는 감정이 왜 필요하다고 생각하는가? 불변하는 감정이 다소 불안정하고, 굳은 의지가 약간 변하거나 얼마간 변하는 걸로 충분하다. 우리의 현실과는 안녕인 것이다! 우리는 곧 그것이 환영일 뿐임을 눈치챘다.

그러므로 굳은 의지, 일관된 감정을 가져야 한다. 이렇듯 공허함 속으로 빠지지 않으려면, 이렇듯 불쾌한 공격을 당하지 않으려면 마음을 단단히 먹어야 한다.

그건 그렇고 얼마나 훌륭한 건물들이 쏟아져 나오고 있

는가!

XII
그 친애하는 젠제

안 돼, 자기, 조용히 해! 자기가 무엇을 좋아하고 무엇을 싫어하는지 모르면 좋겠어? 난 자기 취향을 잘 알아. 생각하는 방식도 알지.

나의 아내 디다가 이렇게 말하지 않은 적이 몇 번이나 될까? 멍청하게도 나는 전혀 신경 쓴 적이 없었다.

하지만 아내는 나보다 더 많이 그녀의 젠제를 알고 있었다! 아내가 그를 만들었던 것이다! 아내는 결코 허수아비가 아니었다. 허수아비는 바로 나였다.

지배라고? 바뀌었다고?

말도 안 돼!

한 사람을 지배하려면 그 한 사람이 존재해야 하고, 그를 대체하려고 해도 그 한 사람은 존재해야 한다. 그의 자리에 또 다른 사람을 두기 위해 원래 있던 사람의 어깨를 잡아 뒤로 끌어낼 수 있도록 말이다.

내 아내 디다는 나를 지배하지도 대신하지도 않았다. 그러나 내가 단호하게 거부하여 어쨌든 내 방식대로 존재하려는 의지를 인정하면서, 내게서 그녀의 젠제를 없애버린다면, 그녀에겐 탄압이자 교체였으리라.

아내에게 나는 존재하지 않았고, 전에도 결코 존재한 적이 없었던 반면, 그녀의 젠제는 존재했기 때문이다.

아내가 생각하는 나의 현실은 그녀의 젠제에게 있었다. 아내가 그를 만들었고, 그는 나의 것이 아닌 생각과 감정, 취향을 가지고 있었다. 그리고 아내가 알아보지 못할 타인, 즉 아내가 이해할 수도 사랑할 수도 없을 이방인이 될 위험을 무릅쓰지 않는다면, 내가 조금이라도 그를 변화시킬 수는 없을 것이다.

불행히도 나는 나의 인생에 어떤 형태를 부여할 수 없었다. 특별하고 독특한 나의 방식을 확고히 고집한 적도 없었다. 나 자신에게 저항해야 하고, 나와 타인 앞에서 내 존재를 인정받아야 한다는 의지를 부채질할 수도 있는 장애물을 절대로 맞닥뜨리지 않기 위해서였다. 방금 생각하고 느꼈던 것과 상반되는 감정을 생각하고 느끼기 위하여, 내 안에서 만들어지는 정신과 감정을 때때로 상반된 성찰로 분해하고 해체하려는 마음이 들기도 했다. 그리고 결국엔, 나약함 때문에 그런 것은 아니지만 내가 느낄 수 있는 불쾌감을 막으려고 미리 체념하여 무관심해지는 탓에 남들의 판단에 굴복하거나 포기해버리는 천성 때문이기도 했다.

그러다 그가 내게 왔던 것이다! 나는 전혀 나를 몰랐고, 나에겐 나의 현실이 없었다. 나는 형체 없는 물처럼 계속 유동적이고 유순한 상태였다. 남들은 각자 자기 방식대로 내게 부여했던 현실에 따라 나를 인식했다. 내가 나에겐 정말 아무도 아니었다 해도, 그들 각각은 나에게서 내가 아닌 한 사람의 모스카르다를 보았다. 그들이 존재한 만큼의 모스카르다를. 그 모든 모스카르다는, 나 자신을 위해 어떤 현실도 가지고 있지 않은 나보다 더 현실적이었다.

젠제가 내 아내 디다를 위해 그 현실을 가지고 있었다는 건 확실하다. 그러나 나는 어떤 방식으로도 나를 위로할 수 없었는데, 내 아내 디다의 이 사랑스러운 젠제보다 더 멍청한 피조물은 상상할 수조차 없다는 걸 확신하기 때문이다.

재미있는 일은 바로 이것이었다: 그녀가 보기에 그녀의 젠제는 결점이 없는 존재가 결코 아니었다는 것이다. 그러나 그녀는 그 모든 것들을 관대하게 보았다! 그녀는 그에 대한 많은 점들을 좋아하지 않았다. 왜냐하면 그의 모든 것이 그녀의 취향과 망상에 따라 그녀의 방식대로 만들어지지는 않았기 때문이다.

그렇다면 누구의 방식대로 만들어졌단 말인가?

내 방식은 아니다. 다시 한번 말하지만, 나는 정말로 그녀가 젠제에게 부여했던 취향과 감정을 나의 사고를 통해서는 인식할 수 없었기 때문이다. 그러므로 그녀가 그에게 그런 취향과 감정을 주었다는 건 확실하다. 그녀의 견해에 따르자면, 젠제는 그런 취향을 가지고 있었고, 그것이 진정 그의 방식인지는 알 수 없지만, 그의 방식대로, 다시 말해 명백히 나의 것이 아닌 그의 현실에 따라 생각하고 느꼈기 때문이다.

때때로, 나는 그가, 즉 젠제가 불러일으킨 고통 때문에 울고 있는 아내를 보았다. 그래요, 선생님들! 그 사람 말입니다. 나는 그녀에게 이렇게 묻는다.

"왜 그래, 자기?"

아내가 대답했다.

"아니, 나한테 그 이유를 묻는 거야? 당신이 조금 전 내게 한 말로 충분하지 않아?"

"내가?"

"그래, 당신이!"

"언제? 무슨 말을?"

나는 망연자실했다.

내 말에 담았던 의미는 내게 어떤 의미가 되었음이 확실하다. 하지만, 그 말, 즉 젠제의 그 말이 그녀에게 주었던 의미는 전혀 별개의 것이었다. 나나 다른 사람이 한 말은 그녀에게 고통을 주지 않았을 테지만, 젠제가 한 말은 그녀를 울게 했다. 그 말이 젠제의 입에서 나오면, 그것이 다른 어떤 가치를 갖는지는 모르겠지만, 그녀를 울게 했기 때문이다. 그랬습니다, 선생님들.

그러므로 나는 나를 위해 혼자 말하고 싶다. 아내는 그녀의 전제와 대화를 나눴다. 그는 내 입을 통해 내가 전혀 몰랐던 방식으로 그녀에게 대답했다. 내가 그녀에게 말하고 그녀가 내게 반복했던 그 모든 말들이 왜 무의미하게 거짓말이 되고 멍청한 것이 되는지 알 수 없다.

"뭐라고?" 나는 아내에게 물었다. "내가 그렇게 말했다고?"

"그래, 나의 젠제. 바로 그렇게!"

자, 그 멍청한 짓은 바로 그녀의 젠제가 한 것이었다. 하지만 그것은 멍청한 것과는 전혀 별개의 것이리라! 그것이 바로 젠제가 사고하는 방식이었다. 아, 얼마나 그 녀석을 때리고, 꾸짖고, 갈가리 찢어버리고 싶었던가! 하지만 그에게 손을 댈 수는 없었다. 그가 아내에게 주었던 불쾌함이나 그가 했던 멍청한 말에 반대하지 않더라도, 젠제는 나의 아내 디다가 매우 사랑했던 사람이기 때문이다. 그는 그렇게 있으므로 해서 아내에게 이상적이고 좋은 남편이었고, 그런 좋은 남편은 그가 가진 수많은 장점 덕분에 몇 가지 결점이 용인되었던 것이다.

만약 내 아내 디다가 다른 사람에게서 자신의 이상형을 찾는 걸 원치 않는다면, 나는 그녀의 젠제에게 손을 대면 안 되었다.

처음엔 나의 감정이 너무 복잡하고, 내 생각이 너무 난해하고, 나의 취향이 너무 까다로울지도 몰라서, 아내가 때때로 그런 것들을 이해하지 못해 일부러 왜곡한다고 생각했다. 요컨대 내 생각과 감정이 아내의 작은 두뇌와 작은 마음에 맞게 축소되고 한층 낮아지지 않는다면, 아내가 그것을 수용할 수 없으며, 나의 취향이 그녀의 단순함과는 어울릴 수 없다고 생각했던 것이다.

맙소사! 맙소사! 아내는 내 생각과 감정을 일부러 왜곡하지도 축소하지도 않았다. 그렇지 않았다. 그렇게 왜곡하고 축소한 내 생각과 감정이 젠제의 입을 통해 그녀에게 전달되자마자, 내 아내 디다는 그것이 어리석다고 생각했다. 그녀 또한 그렇게 생각했다. 아시겠는가?

그럼 무엇이 그것을 그렇게 왜곡하고 축소했을까? 바로

젠제의 현실입니다, 선생님들! 아내는 사랑스럽고 어리석은 그를 그렇게 사랑했던 것입니다. 정말로 그를 사랑했습니다.

난 많은 증거를 가지고 있다. 제일 먼저 머릿속에 떠오르는 게 있으니 그걸 먼저 말하겠다.

디다는 어린 시절부터 그녀뿐만 아니라 내가 좋아했던 방법으로 머리를 빗었다. 그러나 그녀는 결혼을 하자마자 머리 빗는 방법을 바꾸었다. 그녀가 원하는 대로 두기 위해, 나는 이 새로운 빗질 방법이 마음에 들지 않는다고 말하지 않았다. 어느 날 아침 목욕 가운을 걸친 디다는 예전처럼 머리를 빗고, 온통 얼굴을 붉히며 갑자기 내 앞에 나타났다.

"젠제!" 아내는 방문을 열고 폭소를 터뜨리며 내게 소리쳤다.

나는 마치 유혹당한 듯 찬탄을 금치 못했다.

나는 이렇게 외쳤다. "오, 드디어!"

그런데 아내가 곧 두 손으로 머리를 헝클어뜨리고 머리핀을 꺼내 순식간에 머리 모양을 바꿔버렸다.

"바보!" 하고 아내가 말했다. "장난 좀 쳐봤어. 이런 머리 모양 좋아하지 않잖아!"

나는 불시에 항의했다.

"누가 그런 말을 했지, 디다? 오히려, 맹세코 나는……"

난 손으로 입을 틀어막았다.

"바보!" 아내가 또다시 말했다. "나를 기쁘게 해주려고 그런 말을 했잖아. 그럴 필요는 없어, 내 사랑. 나의 젠제가 나를 얼마나 귀여워하는지 알고 싶지 않아?" 그리고 아내는 가버렸다.

아시겠는가? 그녀의 젠제가 다른 방식으로 빗질하는 걸 좋아했다는 사실이 너무나 명확하다. 아내는 그녀와 나 모두 좋아하지 않았던 방식으로 머리를 빗었다. 그것이 그녀의 젠제가 좋아했던 것이므로, 그녀가 희생한 것이다. 안 그런가? 이런 일이 한 여자에겐 진실한 희생이 아닐까?

아내는 정말이지 그를 사랑했다!

나는—마침내 모든 것이 명확해졌을 때—못 견딜 정도로 샘이 났다—내게 샘이 났던 것이 아니다. 믿어주시라. 당신들을 비웃고 싶군!—나 자신이 아니라, 내가 아닌 어떤 사람, 즉 나와 내 아내 사이에 숨어 있던 멍청이에게 질투가 났다. 그는 공허한 그림자 같은 존재가 아니었다—믿어주시길. 오히려 그는 그녀에게 사랑받기 위해 나의 육체를 이용하면서 나를 공허한 그림자로 만들었다.

잘 생각해보시길. 아내가 나의 입술 위에서 내가 아닌 어떤 사람과 키스했던 게 아니라고? 내 입술 위에서? 그렇지 않다. 말도 안 돼! 그것이 내 것이었기 때문에, 아내가 키스했던 입술이 바로 내 것이라고? 하지만 그 육체가 **실제로** 내 것일 수 있었고 또 **실제로** 나에게 속할 수 있었기 때문에, 아내가 껴안고 사랑했던 그 사람이 내가 아니었다면?

잘 생각해보시라. 당신의 아내가 당신을 안고 당신의 육체를 통해, 그녀의 가슴 깊이 간직하고 있는 다른 남자와 사랑을 즐긴다는 걸 당신이 알게 된다면, 당신은 당신의 아내가 가장 고상한 거짓말로 당신을 속였다는 걸 모르겠는가?

어쨌든 이 경우는 어떤 점에서 내 경우와 다른가? 내 경우가 더 심각하다! 그 경우, 당신의 아내는—죄송합니다—당신과 사랑을 나눌 때 타인과의 사랑만을 가장하기 때문이다. 그러나, 내 경우, 아내는 내가 아닌 어떤 사람의 현실을 두 팔로 움켜쥐고 있었다!

이 사람은 진정 현실적인 존재였으므로, 마침내 화가 난 나머지 나는 그의 현실에 나의 현실, 즉 나의 아내를 강요하면서 그를 파괴하고 싶었다. 그러나 아내는 결코 내 아내였던 적이 없었다. 그의 아내였다. 이방인의 품 안에 있는 듯, 아내는 공포에 질려 내게서 그녀가 모르는 사람을 발견했다. 아내는 이제 나를 사랑할 수 없고 잠시도 나와 살 수 없다며 떠나버렸다.

그렇습니다. 앞으로 보게 되겠지만 아내는 떠났습니다.

세 번째 책

I

강요된 광기

먼저 가까운 사람들 안에 살고 있던 다른 모스카르다를 모두 발견하여, 그들을 하나씩 없애버리기 위해 내가 했던 미친 짓을 간략하게나마 말하겠다.

그것은 강요된 광기였다. 지금까지 나는 고유하고 특별한 나로 분류할 수 있을 것 같은 그런 방식으로 존재하는 한 명의 모스카르다를 만드는 일을 결코 생각한 적이 없었고, 따라서 일관적인 논리를 가지고 행동한다는 게 불가능했기 때문이다. 사람들이 내게 부여했던 비참하고, 강압적이고, 순간적이고, 불안정하고, 거의 모순에 찬 현실을 이해하려 애쓰고 나니, 사람들에게 나는 내가 아는 사람들의 이러저러한 모습 속에서 내가 존재했거나 존재한다고 생각했던 것과 반대로 비쳤을 것이다.

그게 다가 아니었다. 나의 견해나 판단 능력과는 상관없는 나의 외모 때문이기도 하지만, 지금까지 생각해 본 적이 없던 수많은 일 때문에 나는 타인에게 어떤 모습과 의미, 가치를 지니고 있어야 했다.

그런 생각을 하자마자 포악한 반역의 충동이 생겼다.

II
발견

그 이름은 비참할 정도로 추하다. **모스카르다**. 파리의 결점은 귀에 거슬리는 권태로운 소리를 내며 맴돈다는 것이다.*

나의 정신은 본래 이름조차 가지지 못했을 뿐만 아니라 시민으로서의 신분도 못 가졌으며, 오로지 내면세계만을 가지고 있었다. 나는 나의 안팎에서 봤던 모든 것에 내 이름을 찍지 않았으며, 그런 건 생각해 본 적도 없었다. 그러나 남들의 눈에 나는, 이름 없이 내 안에 있던 세계, 모든 게 완벽하고, 심지어는 다양하기까지 한 그 세계가 아니었다. 반대로 나는 외부, 즉 그들의 세계 속에 있었는데, 이름이 모스카르다인 **어떤 사람**—분리된—으로, 나의 외부에서 타인들의 현실에 포함되어 **모스카르다**라 불렸고, 작고 구체적인 모습이 있었다고는 해도, 그

---

* 파리는 이탈리아어로 '모스카'이다.

것이 나의 현실적인 모습은 아니었다.

나는 친구와 대화를 나누고 있었다. 이상할 건 아무것도 없었다. 친구는 내게 대답을 했고 나는 그의 행동을 보았다. 그의 목소리는 평범했고, 그의 몸짓 또한 일상적이었다. 그 또한 나의 말을 들었고, 나의 목소리를 듣고 나의 행동을 보았다. 그렇다. 그러나 내가 들은 친구의 목소리가 그가 알고 있던 그의 목소리와 똑같지 않다고 생각할 때부터 상황은 달라졌다. 자신의 목소리였음에도 불구하고, 친구는 그 목소리를 결코 의식하지 못했기 때문이다. 친구의 외모도 내가 보았던 그것, 즉 외부에서 그를 바라보며 내가 그에게 부여했던 모습인 반면, 그는 말하면서 자기 자신에 대한 어떤 이미지, 즉 그가 거울을 보며 자각했던 그런 이미지조차 가지지 못했다.

오, 하느님. 그때 무슨 일이 일어난 겁니까? 내 목소리에도 똑같은 일이 일어났습니까? 나의 외모는? 나는 타인을 보고 말했던 불확실한 나가 아니라, 남들이 그들의 외부에서 바라보는, 내가 몰랐던 외모와 목소리를 가지고 있는 어떤 사람이었다. 내가 본 친구의 모습처럼 나도 그에겐 그런 존재였다. 친구 앞에서 그가 잘 아는 윤곽으로 나타났던 불가사의한 육신이었다. 그런 윤곽은 내게 어떤 의미도 없는 것이었으며, 나는 말하면서 그것을 볼 수 없었고, 어떻게 생겼는지 알 수도 없었으며, 그것을 결코 생각해본 적도 없었다. 반면에 그것은 내가 많은 사람 중의 한 사람, 즉 **모스카르다**임을 나타내주었기 때문에 그에게는 그것이 전부였다. 그게 가능합니까? **모스카르다**는 내가 모르는 세상에서 말하고 행동했던 그 모든 것이었다. **모스카르다**는 나의 그림자이기도 했다. 사람들은 음식을 먹는 **모스카르다**를 보았고, 담배를 피는 **모스카르다**를 보았다. **모스카르다**는 산책을 했고, **모스카르다**는 코를 풀었다.

나는 그 사실을 몰랐거니와 생각조차 하지 않았다. 그러나 남들이 보기엔 나의 얼굴, 즉 사람들이 나라고 했던 그 얼굴과 또 사람들에게 내가 모르는 어떤 목소리로 들렸던 나의 모든 말, 모든 사람이 그들 방식대로 해석했던 나의 모든 행동 속에 내 이름과 내 육체가 항상 숨겨져 있었다.

그러나 이제는 항상 그 이름으로 서명해야 한다는 것과 다른 이름을 가질 수 없다는 사실에 화가 나고, 그런 내가 바보처럼 보이지만, 나의 감정과 행동의 여러 양상과 일치하는 많은 다른 것들에게 또 다른 이름을 줄 수는 없지만, 이미 태어날 때부터 그 이름에 익숙해 있던 터라 그것에 별로 신경 쓰지 않을 수도 있었지만, 그 이름은 내가 아니었다. 그 이름은 남이 나를 부르는 방법이었다. 그 방법은 좋은 게 아니라 더욱 나빠질 수도 있었다.

리키에리에 포르쿠라 불렸던 사르도라는 사람이 없었을까? 있었다.

"포르쿠 씨……"

그는 불평 한마디 없이 대답했다.

"여기 대령했습니다……"

그는 깨끗하게 옷을 차려입고 웃으며 대답했다. 그를 그렇게 불러야만 했던 어떤 사람이 수치심을 느낄 정도로.

그러니 이름은 이름대로 놔둡시다. 그리고 이목구비 얘기도 그만합시다. 비록—엄밀히 말해 거울 앞에서 나를 표현했던 그 이미지와 다른 내 이미지를 만들 수 없다는 사실이 명확해졌으므로—이런 얼굴이 나의 의지와 무관하며, 어떤 욕구에 반하는 얼굴이 아니라, 이를테면 머리카락은 이렇지 않고, 이런 색깔이 아니며, 눈은 저 푸르스름한 색이 아니고, 이런 코, 이런 입이 아닌 다른 이목구비를 가질 수 있다 할지라도, 이목구비 얘기는 그만둡시다. 그 얼굴이 괴물처럼 변할 수도 있어서, 운명처럼 그 얼굴을 달고 다니면서도 살고 싶어 한다는 사실을 결국은 깨달아야 했기 때문이다. 내 얼굴이 괴물처럼 흉측하지도 않았으므로, 나는 내 얼굴에 만족할 수도 있었다.

하지만 조건들은? 나와 무관한 나의 조건들 말이다. 나의 외부에서, 나의 의지와는 무관하게 나를 결정했던 조건들은? 나의 출생과 가정환경은? 남들이 각자 그들의 방식대로, 말하자면 질투나 증오, 경멸이 섞인 각자의 특수한 저울로 그 조건들을 평가했던 것처럼 그것을 평가하기 위해 조건들을 비교한 적은 없었다.

나는 지금까지 인생을 살아가는 한 사람이었다. 그렇게 한 인간이었고, 그것으로 충분했다. 인생에서. 모든 면에서 내가 나를 만든 것처럼. 내가 그 육체를 만들지 않았고, 그 이름을 내게 붙이지 않았는데, 나는 내 의지와는 무관하게 인생에 놓이게 되었다. 그렇게 나의 의지와 무관하게 수많은 다른 것들이 타인을 통해 사방으로부터 나게 왔다. 다른 많은 사람들이 타인들에 의해 주어져 나를 구성하고 있었는데, 나는 사실상 그것들을 생각해본 적이 없었고, 그때 나를 덮쳤던 이상하고 적대적인 이미지 또한 그것과 연관시키지 않았다.

　　우리 집 가족사! 고향에서는 나의 가족사에 대해 생각해보지 않았다. 그러나 남들이 보기에, 이 역사는 내 안에 있었다. 나는 이 가족의 마지막 자손이었다. 내 몸에 가족의 기질을 지니고 있었고, 내가 결코 생각해본 적이 없었으므로 어떤 습관적인 행동과 생각인지는 모르겠지만, 사람들은 내 안에서, 즉 걸음걸이와 웃는 모습, 인사하는 방법에서 그것을 보았다. 비록 늘 종잡을 수 없는 기묘한 생각을 하지만 나는 결국 빈둥거리며 하루하루를 사는 평범한 남자라고 나를 생각했다. 그러나 그렇지 않았다. 나는 나를 평범한 사람으로 생각했지만, 남들에겐 그렇지 않았다. 남들이 보기에 나는, 스스로 정하거나 만들지 않았을 뿐만 아니라 결코 주의를 기울인 적도 없었던 수많은 간단한 판단 기준을 가지고 있었다. 내가 나를 평범한 사람으로 생각할 수 있다는 건 나의 태만함을 의미했고 나는 그것이 내 것이라고 믿었지만, 남들이 보기에 그것은 내 것이 아니었다. 나의 아버지께서 물려준 것이었고, 아버지가 물려주신 유산 때문이었다. 그렇다면 그것은 가혹한 게으름이었다. 왜냐하면 나의 아버지는……

　　아, 얼마나 대단한 발견인가! 나의 아버지는…… 내 아버지의 인생은……

III
뿌리

아버지의 모습이 눈에 선하다. 키가 크고 뚱뚱하셨으며 대머리셨다. 투명한 유리처럼 보이는 눈은 일상적인 미소로 빛났고, 기묘한 부드러움이 서려 있었다. 약간의 연민과 조롱도 깃들어 있었지만 결국 그분은 선천적으로 착한 성품으로 나를 판단하셨고, 내가 그 조롱 섞인 눈빛을 높이 평가할 정도로 성장한 것에 기뻐할 만큼 정감 있는 분이셨다.

그러나 지나치게 붉은 데다, 너무 강하게 뿌리를 내려 뺨을 변색시킬 정도로 숱이 많은 턱수염 속에서, 아버지의 이런 미소는 가운데가 약간 노란 두꺼운 콧수염 밑에 숨어버려, 돌연히 조용하고 냉담한 냉소로 변해버렸다. 그러나 나는 그것에 주의를 기울인 적이 없었다. 아버지의 부드러움도 숨겨진 냉소를 머금은 그 두 눈 속에서 반짝였지만, 지금은 끔찍할 정도로 사악해 보인다. 많은 일이 갑자기 폭로되자, 등골이 오싹했다. 그 투명한 눈빛에 빠져들게 해서 이런 일은 생각하지 못하도록 했는데, 아버지의 부드러움은 그 일을 겪으면서 만들어진 것이었으니, 그 일도 끔찍했다. "네가 예전에 바보였고, 지금도 멍청이라면…… 그래, 무분별하고 순진하고 불쌍한 사람이라 생각에 매몰되어 헤어날 수 없다면, 어떤 계획도 떠오르지 않을 뿐만 아니라 그 계획이 머릿속에서 맴돌 수도 없단다. 너무 그것을 생각한 나머지 너는 졸음에 빠져버릴 거다. 다음날 너는 눈을 뜨고 눈앞에 펼쳐진 새날을 보게 된단다. 어제의 공기는 오늘과 같고 태양도 마찬가진데, 너는 하루가 어떻게 시작되었는지 더 이상 알 수가 없단다. 나는 너를 그렇게 억지로 사랑해야만 했단다. 내 두 손 말이니? 뭘 보는 거냐? 아, 손가락 위에 난 이 붉은 털? 반지들이…… 너무 많다고? 그리고 이 두꺼운 넥타이핀과 시곗줄…… 너무 금장식이 많다고? 뭘 보고 있는 거냐?"

나는 이상하게도 나의 고통이 그의 눈과 그의 모든 금장식에서 억지로 분산되어 근심 어리고 창백한 이마 위, 붉은색 머리카락으로 둘러싸인 빛나는 머리 위에 굴곡을 가지고 드러나는 푸르스름한 실핏줄에 가 정지하는 걸 보았다. 아버지의 붉은 머리카락은 내 것처럼 붉다―내 것도 그의 것처럼 붉다―나의 머리카락은 그에게서 물려받은 것인가? 그리고는 마치 허공 속에 잠겨버린 듯 그의 빛나는 머리가 조금씩 내 앞에서 사라졌다.

나의 아버지!

이제 허공에는 말없이 무기력에 빠져버린, 어리석고 불완전한 형체들이 무겁게 짓누르는 놀란 침묵만이 감돌뿐이다.

그것은 순간인 동시에 영원이었다. 그 속에서 나는 침묵할 수 없는 사실과 그 맹목적인 필연성에 당황했다. 시간의 감옥, 과거와 미래가 아닌 현재의 출생, 우리에게 부여된 이름과 육체, 인연의 사슬, 내 아버지가 원하지 않고 뿌린 종자, 그 종자로부터 태어난 나. 그 혈통과 연계되어 그 뿌리에서 나온 그 남자의 원하지 않았던 아이.

IV

종자

그때 나는 결코 보지 못했던 나의 아버지를 처음으로 보았다: 그분의 인생 밖에서. 그러나 나는 알 수 없었던, 그분 스스로 느끼고 존재했던 모습이 아니라 지금 이 순간 그분이 내게 보이는 모습, 즉 남들이 그분에 대해 했던 말로 가정해볼 수 있는 그런 현실 속에서 나와는 전혀 무관한 이방인인 그분을 보았다.

그런 일은 모든 자식에게도 일어날 수 있다. 우리가 굴욕감을 느끼는 뭔가 추잡한 것 속에 남들이 존경하는 우리 아버지가 있다는 걸 주목하시라. 이 아버지에게 우리가 부여하는 현실을 남들도 똑같이 부여하지는 않으며, 또 그럴 수도 없다는 걸 주목하시라. 그가 사는 방식 속에서, 우리와 무관하게 남들과 맺는 관계 속에서 그가 어떤 사람인지 간파하시라. 남들이 그와 대화를 하거나, 말을 시킬 때, 혹은 웃기거나 쳐다볼 때, 한순간 그들은 우리가 있다는 사실을 잊어버린다. 그러면 우리는 그들이 알고 있는 그분, 즉 그들이 생각하는 그 사람을 간파하게 된다. 어떤 타인을 말이다. 어떻게? 사람들은 알 수 없다. 우리의 아버지는 곧 손이나 눈짓으로 우리가 있다는 신호를 보냈다. 그 은밀한 신호는 순식간에 우리 가슴을 지옥으로 만들어버린다. 우리와 너무나 가까웠던 그가 갑자기 저쪽으로 뛰어가 멀어져 버린 이방인처럼 보인다. 그리고 우리는 그 사람과 결합했던 순간을 제외하면 우리의 인생이 정말 비참하다는 생각을 한다. 그 순간은 또한 수치스럽기도 하다. 우리의 출생은 그를 통해 잘려 나와 분리된 것으로, 일반적인 경우처럼 그 이방인의 인생에서 예측된 일이었지만, 자발적인 것은 아니었다. 그것은 어떤 행위의 증거이자 어떤 행위의 결실로, 이제 우리는 정말 부끄러워할 뿐만 아니라 멸시와 증오까지 느끼게 되는 어떤 것이다. 그 순간 우리와 눈이 마주친 아버지의 눈 속에서도 증오심은 아니더라도 어떤 신랄한 경멸감이 보인다. 아버지에게 경계하는 듯한 적대적인 눈빛을 보이며 서 있던 우리는 그의 일시적인 욕망이나 쾌락의 배출로 생긴 예기치 않았던 존재였다. 그가 몰랐던, 던져진 종자는 이제 두 발로 서서 촉수로 더듬어 판단하는 달팽이처럼 눈을 부릅뜬 채, 그가 자유롭게 다른 사람이 되는 걸 방해하고 있다.

V
직함의 번역

나는 지금까지 나와 아버지를 그런 식으로 분리해본 적이 없었다. 언제나 아버지를 생각했고, 예전에 생각했던 아버지로 기억했다. 그러나 아버지에 대한 기억이 별로 없다. 어머니가 젊은 나이에 돌아가시자 나는 리키에리에서 멀리 떨어진 기숙학교로 보내졌고, 그곳에서 다른 곳으로 옮겼다가 세 번째 기숙학교에서 열여덟 살까지 있었다. 그 뒤 대학에 가서 그 누구에게도 실질적인 이득을 얻지 못한 채 이 공부 저 공부 하느라 6년을 보냈다. 마침내 나는 아버지로부터 리키에리로 돌아오라는 호출을 받았는데, 그 이유는 그것이 상인지 벌인지는 모르겠지만 결혼을 하기 위해서였다. 2년 후 아버지는 자신과 자신의 애정에 대해, 즉 부드러운 그 미소, 약간은 동정이 깃들고 약간은 조소하는 듯한—내가 말했듯이—그 미소보다 더 생생한 다른 기억을 남기지 못하고 돌아가셨다.

원래 그분의 것은? 이제 내 아버지는 돌아가셨다. 남들에게 본래 그분이었던 것은…… 나에는 이렇게 아무것도 없는데! 그것은 타인들로부터, 즉 남들이 그분께 부여했고 또 그분이 추측했던 현실로부터 나온 것이었다. 내겐 그 미소밖에 없는데…… 이제 나는 그 미소를 이해했으며, 소름끼치게도 그 이유를 알았다.

"아버지가 무슨 일을 하시니?"하고 기숙사에서 친구들은 자주 물었다.

그러면 나는,

"은행가야."

아버지가 은행가라고 생각했기 때문이다.

만약 당신의 아버지가 사형집행인이라면, 당신의 집에서는 당신이 그에게, 그가 당신에게 가진 애정을 일치시키기 위해 그의 직업을 뭐라고 말할까? 오, 그분은 당신에게 너무 친절하시다. 나도 그것을 알고 있으니, 내게 말할 필요는 없다. 그런 아버지가 아들에게 갖는 애정을 완벽하게 상상할 수 있다. 아들의 흰색 셔츠의 목 단추를 채워줄 때, 미세하게 떨리는 그의 커다란 손도 생각한다. 다음날 새벽 사형대 위에 있는 그의 잔인한 두 손도 생각한다. 고리대금업의 명성이 남들의 경멸과 함께 서서히 높아지면서, 은행가도 10에서 20, 20에서 40퍼센트로 이자를 올리기 때문이다. 그런 소문 때문에 내일 그의 아들은 수치심을 느끼리라. 그러나 오늘 그의 아들은 아무것도 모르고, 이상한 생각들을 뒤로한 채 아버지의 선량함에 기뻐하며, 반쯤은 동정적이고 반쯤은 조소하는 듯한 아버지의 부드러운 미소가 진정 당연하다고 생각했다.

VI
분노한 착한 아들

이런 발견 때문에 내 눈은 혐오감으로 가득 찼지만, 나는 그 혐오감을 실망과 공허한 미소로 가장한 슬픔으로 감춘 채, 아무도 나를 신뢰하거나 인정하지 않으리라 생각하며 디다에게 갔다.

디다는—내 기억으로는—흰색 벽지를 발라 벽 전체가 햇빛에 환하게 빛나는 방, 흰색 라카칠을 하고 전등 세 개로 장식한 커다란 옷장 앞에서 새로 산 봄옷을 정리하고 있었다.

나는 불명예 때문에 가슴이 쓰라렸지만, 너무 이상하게 들리지 않도록 목소리를 가다듬고 그녀에게 물었다.

"디다, 당신은 내 직업이 뭔지 알아?"

디다는 연노랑 가운이 걸린 옷걸이를 손에 든 채, 몰라보겠다는 듯 몸을 돌려 나를 쳐다보았다. 어리둥절해진 그녀는 내 말을 따라했다.

"당신 직업?"

디다의 질문을 되받기 위해 괴로운 마음으로 다시 한 번 쓰라린 수치심을 느껴야 했다. 이번에는 내 입술이 일그러졌다.

"그래. 내가 무슨 일을 하고 있지?"

그러자 디다는 잠시 나를 살펴보더니, 갑자기 큰 소리를 내면서 웃었다.

"무슨 말을 하는 거야, 젠제?"

내가 느낀 고통, 다시 말해 조금 전까지만 해도 생각에 잠겨 오한을 느끼면서 반감을 내보였던 그 맹목적인 고통이 그녀의 웃음소리에 갑자기 산산 조각났다.

아, 남들에겐 고리대금업자였지만, 여기 있는 내 아내 디다에겐 멍청이였던 사람이 여기 있다. 아내 앞에서 그리고 그녀의 영혼 속에서 나는 한 명의 젠제였다. 리키에리에 사는 사람들의 영혼에, 아니면 그들의 눈에 얼마나 많은 다른 젠제가 있는지 누가 알겠는가. 타인들을 통해 내게 와서 만들어지고 부여된 것들, 그리고 특히 아버지의 직업과 돈에 대해 생각하지 않고 원초적인 친밀감 속에서 느꼈던 내 마음은 중요하지 않았다.

그렇지 않다고? 그러면 누구였을까? 타인들이 내게 부여했던 나의 이 야박한 현실을 몰랐다면, 아, 내가 스스로 나에게 어떤 현실을 부여했을지라도 나는 이 현실이 타인들이 내게 부여했던 것보다 **현실로서** 덜 진실한지도 모른다고 생각해야 했으리라. 그런 현실 속에서 타인들은 내 아내 앞에서 나의 것으로 보일 수 없었던 육체를 나로 생각했다. 그 육체가 내 것일 수 없는 이유는, 조금 전까지만 해도 아내에게 농담하여 그녀를 웃겼던 그녀의 젠제가 그것에 적합했기 때문이다. 그의 직업을 알고 싶어 하다니! 그렇다면 사람들이 모르는 게 뭐였지?

"특이한 호사로군……" 생명이 없는 듯한 침묵을 깨고 나는 거의 혼잣말하듯 말했는데, 나는—나로서의 나—아내에게 어떻게 말해야 할지 몰라, 그녀 앞에서 망령처럼 서 있었기 때문이다.

"뭐라고?" 팔에 연노랑 가운을 걸치고 자신의 인생에 대해 확신하는 디다가 말했다.

내가 대답을 하지 않았으므로, 그녀는 내게 다가와서 내 팔을 잡고 젠제, 즉 그녀처럼 마을에서 내 아버지의 직업이 어떻게 표현되는지 모른 척해야 했던, 그녀가 알고 있는 젠제의 것이 아닌 시선을 지워버리겠다는 듯 내 눈에 대고 한숨을 쉬었다. 내가 아버지보다 더 사악하지 않았을까? 아! 아버지는 적어도 **일을 하셨다**…… 하지만 나는? 난 무엇을 했지? 분노한 착한 아들. 상관없는(기괴하기도 한) 일, 즉 오른쪽으로 휜 코를 발견했다거나 헛된 망상에 사로잡혀 또 다른 얼굴을 발견했다고 말했던 그분의 착한 아들. 그러는 동안 아버지의 이른바 은행은 믿을 만한 친구들, 피르보와 콴토르초 덕분에 계속 **운영되어** 번창했다. 은행에는 소주주들도 있었는데, 믿을 만한 두 친구도—말하자면—이해관계가 얽혀 있었다. 콴토르초에겐 아들처럼, 피르보에겐 형제처럼 그들과 소주주들의 사랑을 받으며 나는 일에 관여하지 않았고, 모든 일은 순풍에 돛 단 듯 순조로웠다. 그들은 모두 나와 사업 얘기하는 것이 쓸모없으며, 때때로 나를 불러 받는 서명으로 충분하다고 생각했다. 그래서 난 서명을 했고, 그게 전부였다. 그것이 전부는 아니었다. 때때로 누군가 내게 와서 추천장을 가지고 피르보나 콴토르초에게 동행해 달라고 부탁했기 때문이다. 그렇다! 그때 나는 그의 턱보조개가 턱을 두 개로 나누는데, 나누어진 그 두 부분이 완전히 같지 않고, 한쪽이 다른 쪽보다 튀어나와서, 다른 쪽이 더 왜소해 보인다는 사실을 발견했다.

그들은 왜 그때까지 나를 죽도록 때리지 않았을까. 아 아! 그들은 나를 죽이지 않았습니다, 선생님들. 그때까지 난 나를 보기 위해 지금의 나처럼 나로부터 분리되지 않기 때문입니다. 나는 내가 처한 조건에서 그 조건들이 무엇인지 생각하지도 않은 채 맹인처럼 살았다. 그런 조건들 속에서 태어나 성장했고, 그렇기에 그것들이 내게는 자연스러웠기 때문이다. 타인들도 나의 그런 존재가 당연하다고 생각했고, 나를 그렇게 알고 있었다. 그들은 다른 방식으로 나를 생각할 수 없었다. 그때 사람들은 모두 증오감 없이 나를 바라보면서 **분노한 착한 아들**에게 미소를 지을 수 있었다.

모든 사람이?

나는 갑자기 독이 묻은 네 개의 비수처럼 영혼을 관통하는 두 쌍의 눈을 느꼈다. 그것은 마르코 디 디오와 그의 아내 디아만테의 눈이다. 날마다 집으로 돌아가는 길에 나는 그들을 만났다.

VII
모두를 위해 필요한 괄호 하나

마르코 디 디오와 그의 아내 디아만테는 나의 첫 희생자가 될 수밖에 없었다(내 기억이 맞다면). 말하자면 모스카르다를 파괴하는 실험에 지목된 첫 번째 희생자들인 셈이었다.

그러나 나는 무슨 권리로 그들에 대해 말하는 걸까? 무슨 권리로 나의 외부에 있는 타인들에게 얼굴과 목소리를 부여하는 걸까? 나는 그들에 대해 무엇을 알고 있나? 어떻게 그들에 대해 말할 수 있지? 나는 외부에서 그들을 본다. 물론 그들은 나의 눈을 통해, 즉 그들은 인식하지 못하는 어떤 형태로 존재한다. 결국 나 스스로 후회했던 똑같은 실수를 남들에게도 저지르는 게 아닐까?

그건 맞다. 그러나 이미 말한 바 있는 사소한 편견의 차이일 뿐이다. 말하자면 사람들은 각자 자신을 보는 방식에 따라, 자신뿐만 아니라 타인들을 위해서도 존재한다는 진실한 믿음에 따라 그럭저럭 원하는 대로 자신을 만드는 어떤 방식을 가지고 있다. 어쨌든 고통으로 대가를 치러야 한다는 것이 나의 생각이다.

그러나 당신들은 아직도 항복하고 싶지 않아 소리친다.

"그렇다면 사실들은? 휴, 사실에 대한 자료는 없습니까?"

"물론 있습니다."

태어난다는 것은 하나의 사실이다. 이미 말한 바 있듯이 다른 때가 아니라 어떤 시기에 태어난다는 것, 이런 혹은 저런 아버지로부터 이런 혹은 저런 조건에서 태어난다는 것, 남자로 아니면 여자로 태어난다는 것, 예쁘게 아니면 흉하게, 꼽추로 아니면 등이 곧게 태어난다는 것은 **사실**이다. 그리고 당신이 한쪽 눈을 실명했다 해도, 그것은 사실이며, 당신은 양쪽 눈 모두 실명할 수도 있는데, 당신이 만약 화가라면 그것은 당신에게 일어날 수 있는 최악의 사실이다.

시간과 공간은 필연적인 것이다. 운명과 행운, 우연은 인생의 모든 함정이다. 당신은 존재하기를 원하는가? 이런 말이 있다. 추상적으로 말해 스스로는 존재하지 못한다. 존재는 하나의 형식 속에 빠져들어 당분간 여기 혹은 저기, 이렇게 혹은 저렇게 그 형식으로 끝을 맺어야 한다. 그리고 모든 사물은 그것이 지속하는 한 그것의 형식에 대한 형벌, 즉 그렇게 존재하며 다른 방식으로는 존재할 수 없는 형벌을 참아낸다. 저기 있는 저 곱사등이는 아주 잠깐 조롱하는 듯하지만, 그게 끝이다. 잠시 후에 등을 곧추세우자 그는 큰 키에다 몸은 민첩하고 날래진다…… 세상에! 단 하나뿐인 인생은 항상 그런 식이다. 그러니 인생이 온전히 그렇게 지나가는 걸 감수해야 한다.

행동도 형식과 마찬가지다.

어떤 행동이 완성될 때, 그것은 행동이다. 더 변하지 않는다. 어쨌든 누군가 행동을 했을 때, 완성된 행동을 느끼고 발견하지 못한다 해도, 그의 행동은 그에게 감옥처럼 남는다. 당신이 아내를 맞이했거나 실질적으로 말해 물건을 훔치다 발각되었다면, 혹은 살인을 했다면, 당신 행동의 결과는 코일과 촉수처럼 당신을 휘감는다. 원치 않았거나 예기치 않았던 행동과 그 결과 때문에 당신이 떠맡은 책임감이 호흡할 수 없는 음울한 공기처럼 당신을 압박한다. 당신은 어떻게 자유로워질 수 있겠는가?

좋습니다. 그러나 이것으로 당신은 무슨 말을 하려는 겁니까? 행동도 형식처럼 나의 현실이나 당신의 현실을 규정한다고? 어떻게? 왜? 그 형식들이 감옥이라는 것을 아무도 부정할 수는 없습니다. 그러나 당신이 오직 이것만을 인정하고 싶다면, 나에 대해 아무것도 이해하지 못한 것임을 경계하시라. 나는 오히려 이 점을 말하고 싶기 때문이다. 나는 감옥인데, 이 감옥은 사람들이 상상할 수 있는 가장 불합리한 감옥이라는 것이다.

멍청하게도 당신에게 그 사실을 보여준 것 같다! 티치오를 알고 있다. 나는 그에 대해 아는 바에 따라 그에게 어떤 현실을 부여한다. 내가 본 현실이다. 그러나 당신 또한 그를 알고 있다. 확실한 것은 당신이 알고 있는 티치오는 내가 아는 티치오와 같지 않다는 것이다. 우리는 각자 자신의 방식대로 그를 인식하고, 자신의 방식대로 그에게 어떤 현실을 부여하기 때문이다. 지금도 티치오는 그 자체로 우리가 알고 있는 만큼의 현실을 가지고 있다. 그는 어떤 하나의 방식으로 나를 알고, 또 다른 방식으로 당신을 알며, 제3자, 제4의 사람을 또 다른 방식으로 알기 때문이다. 말하자면 티치오 또한 특히 모든 사람에게 자기 자신이 한 사람이라는 환영을 가지고 있지만, 그가 실제로 나에게 어떤 한 사람이고, 당신에게 어떤 사람이며 제3의, 제4의 사람에게도 또 다른 한 사람이란 것이다. 불행은 바로 여기에 있다. 당신이 농담이라고 하고 싶다면 농담이다. 우리 어떤 행동을 해봅시다. 모든 것이 그 행동 속에 있다고 선의로 믿읍시다. 불행히도 우리는 그렇지 않다는 걸 깨닫는다. 그리고 반대로 우리는 그 행동을 우리 혹은 우리가 될 수 있는 많은 사람 중 한 명이 했다는 사실을 알게 되는데, 매우 불행한 경우 우리는, 갑자기 우리가 그 행동에 결부된 것 같다고 생각한다. 그러니 모두가 그 행동에 참여하지 않았다는 사실을 깨닫자는 것이다. 그러므로 오직 그 행동으로 우리를 평가하고, 마치 우리의 존재가 오로지 평생 그 행동에서 모두 나타날 것처럼 그 행동에, 다시 말해 죄인의 몸에 씌운 칼에 우리를 결부시키는 건 매우 불합리한 일이다.

"하지만 내가 이런 사람이기도 하고 저런 사람이기도 하고, 나중엔 또 다른 사람이기도 하다니!"라며 우리는 소리치기 시작한다.

많은 사람이 그렇다. 그의 행동 바깥에 있었던 많은 사람이 그 행동으로 알 수 있는 것은 아무것도 없거나 그것과 관련 거의 없다. 더구나 그 한 사람, 즉 한순간 우리에게 부여되었고, 그 순간 행동을 완수했던 그 현실은 때때로 조금 후에 모두 사라져버린다. 우리에게 그 행동에 대한 기억이 남는 건 사실이지만, 남는다 해도 이해할 수 없는 괴로운 꿈처럼 남는다.

우리이거나 우리가 될 수 있는 한 명의 타인, 열 명의 타인, 그리고 모든 타인은 한 명씩 우리에게 나타나서 우리가 왜 이런 행동을 할 수 있었는지 물어보지만 우리는 그것을 설명할 수 없다.

지나간 현실.

그 사실이 너무 심각하지 않다면, 이 지나간 현실을 우리는 깨져버린 망상이라 부른다. 그렇군, 좋아요. 왜냐하면, 현실은 모두 환영이기 때문이다. 바로 그 환영 때문에 나는 지금 당신이 당신 앞에 또 다른 환영을 가지고 있다고 말하는 것이다.

"당신 잘못입니다!"

나와 당신은 너무 형식적이다. 친애하는 친구들이여, 더 심각하고 본질적인 농담은 하지 맙시다. 농담은 바로 이런 것이다. 존재는 필연적으로 여러 형식을 통해 행동하고, 형식은 그 존재가 만들어내는 외형인데, 우리는 그것에 현실적인 가치를 부여한다. 그것은 존재가 그 형식과 그 행동으로 나타나는 것에 따라 변하는 가치이다.

실수는 타인이 저질렀으니, 주어진 형식, 즉 주어진 행동은 이렇지도 저렇지도 않다고 우리는 억지로 생각해야 한다. 그러나 잠시 후 우리가 조금이라도 움직인다면, 잘못은 우리가 한 것이고, 이렇지도 저렇지도 않다는 걸 깨닫기 마련이다. 그러므로 우리는 제아무리 안정되고 확실한 방법이 있더라도 결코 이것도 저것도 될 수 없다고 인식할 수밖에 없다. 그러나 어떤 시점에서는, 때로는 이런 방식을 통해 때로는 저런 방식을 통해 모든 것이 잘못된 것으로 보이거나 혹은 모든 것이 진실로 보이는데, 그것은 똑같은 것이다. 어떤 현실이 우리에게 부여되는 것이 아니라 존재하는 것인데, 우리가 존재하기를 원한다면 그것을 우리에게 만들어줘야 하기 때문이다. 그것은 결코 모두를 위한 하나의 현실이 아니라, 다시 말해 항상 변하지 않는 현실이 아니라 계속해서 끊임없이 변하는 현실이다. 오늘의 현실이 오직 진실하다며 우리를 속일 수 있는 능력은 한편으로 우리에게 힘을 주지만, 다른 한편으로는 우리를 끝없는 공허 속으로 밀어 넣는다. 그리고 인생은 끝나지 않는다. 끝날 수도 없다. 만약 내일이 끝난다면, 인생도 끝이 난다.

VIII
좀 진정합시다

인생을 너무 고차원적으로 말하는 것 같은가? 그러니 우리 조금 신경 씁시다. 공은 탄력이 있지만 튀어 오르기 위해서는 땅에 닿아야만 한다. 땅에 손을 대고 공을 다시 손에 넣읍시다.

어떤 사실에 대해 말하기를 원하는가? 내가 모년 모월 모일, 고귀한 도시 리키에리의 몇 번지에 있는 어떤 집에서 모신사와 모부인에 의해 태어났고, 6일째 되는 날 모교회 본산에서 세례를 받았으며, 여섯 살 때 학교에 갔고, 스물세 살에 결혼했으며, 키는 168센티미터이고 머리카락이 붉은색이라는 사실에 대해?

그것이 나의 신상명세서이다. 당신이 말한 대로 사실적인 자료들이다. 그것에서 나의 현실을 추론하길 원하는가? 그러나 그 자체로는 아무것도 말하고 있지 않는 바로 이런 자료들이 모두에게 동등하게 평가된다고 믿는가? 그것들이 나를 완벽하고 정확하게 표현해준다 해도 어디서 나를 표현해줄까? 어떤 현실을?

어떤 타인의 현실이 아닌 당신의 현실이죠. 모두를 위한 유일한 현실이 있습니까? 그러나 우리 자신에게 있어 우리의 현실은 계속 변해가기 때문에 우리 각자를 위한 현실도 존재하지 않음을 이미 알고 있다면! 그렇다면?

여기 땅이 있다. 당신들은 모두 다섯 명입니까? 나랑 같이 가시죠.

이곳이 모년, 모월, 모일 내가 태어난 집이다. 그러면 지형학적으로 길이와 높이 그리고 집의 정면에 달린 창문들 때문에 이 집이 모두에게 똑같은 집이라는 사실, 당신들 다섯 명 모두가 보기에 나는 모년, 모월, 모일 그곳에서 태어났고, 머리가 붉고 키는 168센티미터라는 사실로부터 당신들 다섯 명 모두가 이 집과 나에게 같은 현실을 부여한다는 결론이 나오는가? 오두막에 사는 당신에겐 이 집이 매우 저속한 집처럼 보인다. 그 집 앞에 난 길로 억지로 지나가는 당신은 인생에서 슬픈 일이 생각나 그 집을 노려본다. 그러나 당신은 애정 어린 눈빛으로 그 집을 바라본다. 이 집 맞은편에 내 어머니의 좋은 친구였던 당신의 불쌍한 어머니가 살았기 때문이다.

그리고 그 집에서 태어난 나는? 오, 하느님! 하나이자 동시에 다섯 개인 이 집에서 당신들 다섯 모두가 보기에 모년 모월 모일 어떤 바보가 태어났다면, 당신들 모두에게 그는 똑같은 바보인가? 한 사람에겐 바보로 보이리라. 은행의 책임자 자리를 콘토르초에게, 법률고문을 피르보에게 맡겼기 때문이다. 그러나 이것 때문에 다른 사람은 나를 매우 신중한 사람으로 볼 것이다. 그러나 그는 내가 매일 아내의 강아지를 데리고 산책한다는 사실 때문에 나를 멍청하다고 생각한다.

각자에게 한 사람씩, 모두 다섯 명의 바보다. 집처럼 하나이자 다섯 명인 내게서 당신들이 그들을 보듯이, 바보 다섯 명이 당신 앞에 있다. 모두 스스로 아무것도 가지고 있지 않고, 모스카르다라는 이름만을 가지고 있으므로, 다섯 명의 다른 바보들을 표현하기 위해 그 이름이 사용된다. 모스카르다라고 부르면 다섯 명 모두 뒤를 돌아볼 것이다. 그러나 각자의 모스카르다는 당신들이 그에게 부여한 그 모습을 가지고 있다. 다섯 개의 모습. 내가 웃는다면, 다섯 개의 미소가 있는 것이다. 그러므로 당신들에게는 내가 하는 모든 행동이 이 다섯 명 중의 하나가 하는 행동으로 보이지 않을까? 다섯 명이 다르다면 이 행동이 같은 것일 수 있는가? 당신들 모두 그것을 해석하여 당신들이 내게 부여한 현실에 따라 그에게 나름의 의미와 가치를 부여할 것이다.

한 사람은 이렇게 말하리라.

"모스카르다가 이런 행동을 했어."

다른 사람이 말할 것이다.

"이런 행동이라니? 그는 다른 행동을 했어!"

그러면 세 번째 사람은:

"내가 보이게 그는 아주 훌륭한 행동을 했어. 그렇게 해야 했다고!"

네 번째 사람은:

"그럭저럭 했다니! 그는 몹시 나쁜 행동을 했어. 반대로 해야 했는데……"

그러면 다섯 번째 사람은:

"그가 어떤 행동을 해야 했는데? 그는 아무 행동도 하지 않았어!"

어떤 사람의 모스카르다는 다른 사람의 모스카르다가 아니라는 걸 이해하기를 원치 않고, 모스카르다가 행동을 했거나 하지 않았다는 것, 그리고 그가 해야 했거나 하지 말아야 했던 것 때문에 당신들은 이의를 제기할 수도 있다. 당신이 그를 보고 만져보듯, 당신 앞에 그럭저럭 서 있는 바로 그 모스카르다에 대해 말한다고 생각하지만, 당신은 다섯 명의 모스카르다에 대해 말하는 것이다. 왜냐하면, 다른 네 사람도 앞에 각자를 위한 한 명의 모스카르다를 가지고 있으며, 그는 당신들 각자가 그를 보고 만지듯 그렇게 당신들에게 유일한 사람이기 때문이다. 다섯 명. 그러나 불쌍한 모스카르다도 자신을 위해 스스로를 보고 자신의 몸을 만진다면, 여섯 명이 되는 것이다. 그가 자신을 보고 손으로 만져보듯이, 타인들도 다른 방식으로 그를 보고 감촉을 느낀다면, 아, 그는 한 사람이자 아무도 아니다.

IX
괄호를 닫읍시다

무엇보다도 당신이 가지고 있다고 믿는 그 현실을 당신에게 주려고 노력할 테니, 의심하지 말지어다. 당신이 스스로 원했던 것과 마찬가지로 내게서도 원했던 현실을. 보다시피, 그것은 불가능하다. 내가 아무리 당신 방식대로 당신을 표현하려 노력해도, 그것은 오로지 나를 위한 '당신의 방식'이지, 당신과 타인들을 위한 '당신의 방식'은 아니다.

그러나 미안합니다. 당신이 보기에 당신이 내게 부여한 현실 외에 다른 어떤 현실을 내가 가지고 있지 않다면, 나는 그 현실이 내가 나에게 부여할 수 있는 현실보다 더 진실하다고 인정할 준비가 되어 있다. 오히려 당신에게 그것이 유일하고 진실한 현실이다(당신이 내게 부여한 그 현실이 무엇인지 하느님은 아신다!). 내가 할 수 있는 만큼 당신의 방식대로 당신을 표현하겠다는 선한 의지로 당신에게 현실을 부여했는데, 당신은 이제 그 현실이 불만인가?

나는 당신이 내가 당신을 표현한대로 존재한다고는 생각하지 않는다. 당신은 당신 스스로 표현했던 어떤 사람도 아니며, 당신이 존재하는 모든 가능성과 경우들, 관계 및 상황에 따라 동시에 존재하는 수많은 사람임을 나는 이미 입증했다. 당신이 내게 잘못한 것이다. 당신은 내가, 당신이 부여한 현실 외에 다른 현실은 가지고 있지 않거나 가질 수 없다고 생각했기 때문이다. 그 현실은 오직 당신의 현실이다. 당신의 생각이다.

나로 구성된 당신의 현실인 것이다. 그 현실은, 당신이 그런 생각을 하고, 당신에게 그렇게 보이며 당신이 스스로 그것을 인식하는 대로 존재할 가능성은 있다. 나 자신에게 내가 존재할 수 있다는 것에 대해 당신은 아무것도 알 수 없을 뿐만 아니라 나조차 그것에 대해서는 모르기 때문이다.

X
두 사람의 방문

당신은 처음부터 약간의 냉소를 띠며 나의 이 작은 책을 읽었는데, 그사이 당신의 그 냉소가 얼마나 어리석은지 보여주기 위해 두 명이 동시에 방문했다.

당신은 아직도 혼란스럽다—나는 보고 있다. 새 친구 앞에서 말하고 웃는 당신의 옛 친구, 당신은 당신 앞에 있는 그 친구를 이젠 볼 수 없어 새로운 친구가 오자마자 비참하게 용서를 구하며 그를 쫓아버렸는데, 옛 친구에게 나쁜 인상을 주었다는 굴욕감으로 화가 치민다. 하지만 왜? 다른 친구가 오기 전에 그와 함께 말하고 웃는 것이 무척이나 기뻤음에도 불구하고 그를 쫓아버려서?

쫓아버렸다. 누구를? 당신의 친구를? 진심으로 그를 쫓아버렸다고 생각하는가?

잠시 생각해보시라.

당신의 옛 친구는 원래 새 친구가 올 때, 쫓겨날 어떤 이유도 없었다. 그들은 서로 전혀 모르는 사이였다. 당신이 서로에게 그들을 소개했다. 그들은 당신의 거실에서 잡담 하느라 삼십 분가량 함께 있었다. 그들은 절대로 당황하지 않았다.

당황한 사람은 바로 당신이었다. 그들이 함께 조금씩 의견 일치를 보자 그만큼 생생한 당혹감을 느꼈던 당신은 그것을 참을 수가 없었다. 당신은 즉시 그들의 합의를 깨버렸다. 왜 그렇죠? 왜냐하면 당신은(아직도 모르겠나?) 갑자기, 다시 말해 당신의 새 친구가 오자 그들이 서로 너무 다르다는 걸 알았고, 어느 지점에 이르러서는 더는 견딜 수가 없어 한 사람을 쫓아버렸기 때문이다. 당신은 당신의 옛 친구를 보낸 것이 아니다. 당신 자신, 즉 당신의 옛 친구를 위해 당신에게 존재했던 그 누구를 쫓아버린 것이다. 새 친구를 위해 당신에게 존재하거나 존재하기를 원했던 그 누군가가 당신의 옛 친구와 너무 다르다고 느꼈기 때문이다.

서로에게 이방인인 그들은 둘 다 매우 예의 바른 사람이며, 놀랍게도 사이가 좋은 것으로 보아 서로 함께할 수 있었으리라. 그러나 당신은 갑자기 두 명의 당신을 발견했다. 그들 사이엔 어떠한 공통점도 없었지만 한 사람의 문제가 다른 사람의 그것과 혼합되는 걸 당신은 참을 수가 없었다. 공통점은 아무것도 없다. 당신은 옛 친구를 위해 어떤 현실을 가지고 있고, 새 친구를 위해서는 또 다른 현실을 가지고 있기 때문이다. 그 현실들은 서로 너무 달라서 당신이 한 친구에게 구원을 청하면, 다른 친구는 당황한 얼굴로 당신을 쳐다보리라는 걸 당신 스스로 알 수 있을 정도다. 그리고 이제 당신은 그가 당신을 알아볼 수가 없어, 내심 이렇게 소리치리라는 것을 알고 있다.
'그렇지만 왜 이런 거지? 또 왜 그렇지?'

그렇게 동시에 그들을 발견하게 된 당신은 너무 당황해서, 그들 중 한 명이 아니라 당신에게 동시에 존재하라고 강요했던 한 사람을 자유롭게 하려고 천박하게 용서를 구했던 것이다.

지금까지의 냉소는 어서 거두고, 내 책을 다시 읽으시라.

조금 전의 경험으로 당신의 기분이 상했다 해도 그건 아무것도 아니다. 당신은 오로지 두 사람만이 아니기 때문이다. 당신이 몇 명인지 알 수가 없으므로, 그것을 모른다면 당신은 항상 당신을 한 명이라고 생각하시라.

계속합시다.

네 번째 책

I

마르코 디 디오와 디아만테 부부는 내게 어떤 존재였나

 옛날 일인 듯 말했지만, 그들은 아직도 살아있을 것이다. 어디서? 내일 이곳에서 그들을 볼 수도 있으리라. 이제 나는 나를 위한 세계를 가지고 있지 않다. 그들에 대해 아무것도 알 수 없으며, 또 그들이 어디서 존재하는 척하는지도 모른다. 확실한 것은 내가 내일 거리에서 그들을 만나게 된다면, 그들이 길을 가고 있으리란 사실이다. 그에게 이렇게 물어볼 수 있다.

"당신이 마르코 디 디오이인가요?"

그러면 그는 내게 대답할 것이다.

"예, 마르코 디 디오입니다."

"이 길로 다니나요?"

"예, 이 길로 다닙니다."

"저 사람이 당신 아내 디아만테인가요?"

"예, 나의 아내 디아만테입니다."

"이 길 이름이 그렇고 그런가요?"

"그렇고 그렇습니다. 그리고 이 길에는 많은 집과 샛길, 가로등이 있습니다."

마치 올렌도르프*의 문법책 같다.

그때는 지금의 당신처럼 마르코 디 디오와 그의 아내 디아만테의 현실, 그리고 내가 그들을 만났듯 지금도 그들을 만날 수 있는 길의 현실을 정하기 위해 이것만으로 충분했다. 언제요? 오, 불과 몇 년 전이죠. 시간과 공간이 얼마나 명확했던가! 오 년 전의 그 길. 나에게 있어 영원성은 단순히 오 년의 세월이 아니라, 분과 분 사이에 잠겨 있었다. 그때 내가 살았던 세상은 가장 멀리 떨어진 저 하늘의 별보다도 먼 것 같다.

마르코 디 디오와 그의 아내 디아만테는 불행해 보였다. 한편으로 그들은 가난하기 때문에 매일 아침 세수할 필요가 없다고 생각했다. 그러나 다른 한편으로는 그 가난으로 인해 매일 얼마 안 되는 돈을 벌어 허기를 면하는 것 말고는 별안간 백만장자가 되기 위해 어떤 일도 시도해볼 수가 없다고 생각했다. 난폭하게 눈을 부라리며 한 자 한 자 또박또박 말했듯이 **백―만―장―자**가 되기 위해.

나와 함께 이 말을 들은 사람들은 모두 웃었다. 경험의 규

---

* 19세기 중엽, 독일의 문법학자이자 언어교육학자 하인리히 고트프리트 올렌도르프(Heinrich Gottfried Ollendorff)는 이미 답이 포함된 일련의 질문들로 언어를 습득하도록 하는 수많은 입문서를 집필하였다.

칙성이라 불리는, 그렇듯 확고하게 섭리적인 것에 대해 의심해본 적이 없었기 때문에 그렇듯 비웃을 수 있었다고 생각하니 두려워진다. 그 규칙적인 경험을 통해 갑자기 백만장자가 되겠다는 기묘한 꿈을 평가할 수 있었던 것이다. 하지만 규칙적인 경험의 매우 미세한 가닥이었던 이 꿈이 나로 인해 이미 깨져 버렸다면? 두세 번 반복되었기 때문에 이 우스꽝스러운 꿈이 내게서 **규칙성**을 획득했다면? 나 또한 실제로 그가 갑자기 백만장자가 될 수 있다는 사실을 의심할 수 없었을 것이다. 규칙적인 경험을 하는, 축복받은 사람들은 그곳에 있는 그 사내처럼 모든 규칙을 무시하며 사는 사람에게 어떤 사물이 현실적인지 아니면 그럴듯해 보이는지를 알 수 없다.

그는 자신이 발명가라고 생각했다.

선생님들, 한 발명가가 어느 화창한 날 잠에서 깨어나, 어떤 물건을 발명합니다. 그리고 그 자리에서 백만장자가 됩니다!

많은 사람들은 아직도 그를 시골에서 방금 리키에리에 도착한 촌놈이라고 생각한다. 지금은 죽었지만, 당시 리키에리의 저명한 조각가의 작업실에서 그 사내가 환대를 받았던 사실을 사람들은 기억한다. 사내가 그곳에서 대리석을 솜씨 좋게 가공하는 법을 단기간 내에 배웠다는 사실도 알고 있다. 어느 날 그의 스승은 사내를 자신의 군상의 모델로 삼길 원했다. 그 군상은 한 미술 전람회에 석고로 전시되었는데, '**사티로스와 어린아이**'라는 제목으로 유명해졌다.

조각가는 점토에 손상을 입히지 않고 환상적인 장면을,

소박하지는 않더라도 정말 아름다운 장면을 표현할 수 있었을 것이고, 그것에 기뻐하며 세간의 칭찬을 얻을 수도 있었을 것이다.

범죄의 원인은 점토에 있었다.

스승은 자신의 학생이 점토에 잘 고정된 환상적인 장면을 모두가 손가락질하는 순간적인 동작으로 바꾸고 싶은 유혹을 느끼리라고는 생각지 않았다. 그런 일이 벌어지는 동안 스승은 여름날 오후의 무더위에 짓눌려 대리석에 군상의 스케치를 하느라 작업실에서 땀을 삐질삐질 흘리고 있었다.

모델로 선 어린아이가 점토에서 보이던 유순한 미소를 거두고 도움을 청했다. 사람들이 달려왔다. 마르코 디 디오는 무더웠던 그 순간 갑자기 발동한 짐승 같은 행동 때문에 체포되었다.

이제는 올바른 사람이 됩시다. 네, 그런 행동을 하다니 정말 구역질 납니다. 하지만 조각가가 자신의 조수의 모습에서 알고 있다고 공언한 바 있던 그 착한 청년도 마르코 디 디오가 아니었을까?

이 질문이 당신의 도덕성을 침해하고 있다는 걸 안다. 사실 마르코 디 디오가 그런 유혹을 느꼈다면, 당신은 그것이 그가 그의 스승이 말하던 선량한 청년이 아니었다는 확실한 증거라고 내게 말하리라. 한편으로 나는 성자들의 삶 또한 그런 유혹(더 치졸할 수도 있다)으로 가득 차 있다고 당신에게 말할 수 있다. 성자들은 유혹을 **악마의 탓으로** 돌렸고, 하느님의 도움으로 그 유혹을 물리칠 수 있었다. 평소 당신은 습관적인 절제를 통해 그런 유혹을 물리쳤다. 그러지 않았다면 당신은 갑자기 도둑이나 살인자가 되었을 것이다.

여름날 오후의 무더위는 습관적으로 성실한 당신의 딱딱한 외피를 결코 녹일 수 없으며, 당신의 원초적인 야만성을 자극할 수도 없다. 당신은 비난할 수도 있다.

그러나 지금 내가 율리우스 카이사르에 대해 말한다면, 당신은 그의 제국의 영광을 아낌없이 찬양하지 않을까?

"저속하군요," 당신은 소리친다. "그렇다면 그는 율리우스 카이사르가 아니었어요. 우리는 율리우스 카이사르가 진정 그 사람이었던 곳에서 그를 찬양합니다."

훌륭합니다. 그는. 그러나 아십니까? 만약 율리우스 카이사르가 당신이 찬미하는 곳에서만 그였다면, 그가 그곳에 없었을 때, 그는 어디에 있었습니까? 그는 누구였죠? 아무도 아닌가요? 어쨌든 어떤 사람입니까? 그렇다면 누구죠?

그것은 그의 아내 칼푸르니아*나 비티니아의 니코메데왕**에게 물어봐야 할 것이다.

당신은 고집을 부리다가 마침내 이런 생각도 한다. 한 사람의 율리우스 카이사르는 존재하지 않았다고. 그의 인생의 많은 부분에서 그가 스스로 표현했던 한 사람의 율리우스 카

---

* 루치오 칼푸르니오 피소네(Lucio Calpurnio Pisone)의 딸이자 카이사르의 네 번째 부인.

** 비티니아는 소아시아의 가장 북쪽에 위치한 지역이었다. 니코메데 4세 필로파토레는 미트리다테 5세인 폰토의 에우파토레의 도움을 받은 이복형제에게 왕국의 위협을 받았다. 그러나 로마인들의 원조로 제1차 미트리다테와의 전쟁(B.C. 85) 이후 감시소를 설치했다. 그는 죽을 때(B.C. 74) 왕국을 로마인들에게 유산으로 남겼다.

이사르는 정말 존재했다. 물론 그는 타인들과는 비교할 수 없을 정도로 위대한 가치를 지닌 인간이었다. 그러나 현실에 관해서라면 그렇지 않았다. 믿어주시라. 거만하고 신경질적인, 온통 미끈한 몸매에 옷을 제대로 걸치지 않은 그의 부정한 아내 칼푸르니아가 황제 율리우스 카이사르보다 더 현실적이었기 때문이다. 아니면 비티니아의 음란한 니코메데 왕이 더 현실적이었다.

불행은 항상 이런 식입니다, 선생님들. 모두가 오로지 율리우스 카이사르라는 이름만을 가져야 했다. 한 남성의 육체에서 많은 사람이 동거해야 했다. 여성도 있었다. 그녀는 여자이고 싶었지만 남성의 육체에서 여자일 수 있는 방법을 몰라 그녀가 있을 수 있는 곳에서 그녀의 방식대로 부자연스럽게 있었다. 그리하여 그녀는 매우 음란했을 뿐만 아니라 때때로 똑같은 실수를 반복했다.*

불쌍한 마르코 디 디오 안에 있던 사티로스는 스승이 만든 군상의 유혹을 받아 한 번에 값싼 대가를 치르고 돌연히 떠나버렸다. 그를 생각해주는 사람은 아무도 없었다. 감옥에서 나온 그는 한 여자의 손을 맞잡고 자신이 처한 굴욕적인 재난에서 벗어나기 위해 여러 가지 기발한 계획을 생각해냈다. 그의 아내는 어느 화창한 날 그에게 왔는데, 그녀가 어디서 어떻게 왔는지 아무도 몰랐다.

---

* 젊은 시절의 카이사르와 니코메데 4세의 동성애 관계는 스베토니오가 쓴 『카이사르 전기』에서 확인된다. 단테는 이 책을 참고로 하여 카이사르를 '여왕'이라 칭한 바 있다(『연옥』 xxvi, 77—78.).

마르코 디 디오는 십 년 전부터 이번 주말에 영국으로 떠날 거라고 말해왔다. 하지만 그에게 이 십 년의 세월이 흘렀을까? 그의 말을 듣던 사람들에겐 그 세월이 지났다. 그는 주말이면 매번 영국으로 떠나리라 결심했다. 그리고 그는 영어를 공부했다. 아니면 적어도 십 년 전부터 영문법책을 팔에 끼고 다녔는데, 그 책은 항상 같은 곳이 접혀 있었다. 처음 두 페이지는 손이 스치고 옷의 먼지가 묻어 읽을 수 없게 변해버렸기 때문이다. 그러나 나머지 부분은 믿을 수 없을 정도로 깨끗했다. 하지만 어디까지가 먼지였는지 그는 알고 있었다. 때때로 그는 길 가는 도중 갑자기 몸을 돌려, 아내의 신속함과 분별력을 시험해보려는 듯, 인상을 쓰고 그녀에게 질문했다:

"Is Jane a happy child?"

그러면 그의 아내는 즉시 진지하게 대답했다.

"Yes, Jane is a happy child."

그의 아내도 오는 주말에 그와 함께 영국으로 떠날 것이므로.

예를 들어 '마을을 위해 집집마다 물을 쓰지 않는 냄새 안 나는 화장실'을 발명해서 갑자기 백만장자가 되겠다는 그의 우스운 꿈에 어떻게 그녀가 충실히 복종하도록 유혹했는지는 몰라도, 한 여자의 이런 모습을 보면 황당하면서도 동정심이 일었다. 웃음이 나오는가? 그들이 잔인할 정도로 진지한 것은 바로 이것 때문이다. 모든 사람이 그들을 비웃었기 때문이었다. 그들의 진지함은 오히려 잔혹했다. 사람들의 비웃음이 커질수록 그만큼 그들도 잔혹해졌다.

그리하여 우연히 누군가 멈춰 서서 그들을 비웃지 않고 그들의 계획에 귀를 기울이면, 그들은 기뻐하기보다는 오히려 의혹과 증오의 눈길로 그 사람을 노려볼 지경까지 됐다. 타인들의 조소는 그들의 꿈이 호흡하는 공기였기 때문이다. 조소가 사라지면 질식할까 봐 두려웠다.

그러므로 그들에게 가장 사악한 적이 왜 나의 아버지였는지 이해가 된다.

사실, 나의 아버지는 앞에서 언급했던 과잉 친절을 내게만 허락하지는 않으셨다. 아버지는 항상 관대하게도 특유의 미소를 지으며 마르코 디 디오 같은 사람들의 어리석은 허상을 돕는 일에 기쁨을 느끼셨다. 그들은 아버지 앞에 와서 그들의 계획을 실행에 옮길 만큼 돈을 가지지 못해 불행하다며 눈물을 흘렸다. 부자가 될 수 있는 그들의 꿈.

"얼마나 필요한가?" 아버지는 물었다.

"오, 조금이면 됩니다." 백―만―장―자가 되기 위해 그들에게 필요한 액수는 항상 적었기 때문이다. 그리고 아버지는 돈을 주셨다.

"뭐라고! 자넨 조금이라고 말했잖아……"

"그렇죠. 계산을 잘 해보지 않았습니다. 하지만 지금은 바로……"

"얼마인가?"

"오, 조금이면 됩니다!"

그러면 아버지는 주고 또 주셨다. 그러나 어느 시점에서 그만두셨다. 그러면 알다시피, 그들은 마지막까지 그들의 완벽한 실망을 장난처럼 즐기고 싶어 하지는 않았으며, 반대로 후회 없이 자신들의 허상의 실패를 아버지 탓으로 돌릴 수 있다는 것에 만족해하지도 않았다. 그리고 그들 중 누구도 아버지를 고리대금업자라 부르면서 더욱 포악하게 복수하지도 않았다.

마르코 디 디오가 가장 포악했다. 아버지가 돌아가시자, 그는 이유 없이 자신의 격렬한 증오심을 내게 쏟아 부었다. 이유가 없었던 것은 아니다. 나도 모르는 사이 나 또한 그에게 자선을 베풀었기 때문이다. 그를 내 소유의 오두막에 거처하도록 했고, 피르보나 콴토르초는 그에게 결코 집세를 요구하지 않았다. 그리하여 나는 이 오두막을 통해 그에게 첫 실험을 했다.

II
그러나 그것이 전부였다

그것이 전부였다. 각기 다른 나의 현실이 모두 십만 가지의 다른 방식으로 변하도록 내가 살고 있던 십만 명 중의 한 명에게 나를 다르게 표현하고 싶은 욕구가 그렇게 장난삼아 조금씩 내 마음을 움직이는 것으로도 충분했기 때문이다.

잘 생각해본다면, 이 놀이 때문에 내가 억지로 미친 짓을 했다는 걸 당신은 이해하게 될 것이다. 아니 더 잘 말해보자면, 그 놀이는 내게 공포감을 주었다. 그것은 4월의 아침처럼 차갑고 명확한, 거울처럼 깨끗하게 빛나는 광기를 의식하는 일이었다.

첫 실험을 시작하면서, 나는 주머니에서 떨어지는 손수건처럼 나의 의지를 나의 외부에 두려고 했다. 나의 것이 아닌 다른 방식으로 현실을 살아갔던 내 그림자의 행동을 완성하고 싶었다. 저주받은 운명 때문에 나 자신이 아니라 나의 육체 속에 살아있는 그 그림자를 만나 인사하지 말았어야 한대도, 그것이 너무 진실하고 견고하여 난 모자를 벗어 직접 인사했을 것이다. 나의 육체는 그것 자체로는 아무도 아니었지만, 나에게 나를 나타내주는 한, 나의 것이었다. 그러나 그 그림자와 십만 명의 타인에게 십만 가지 방식으로 나를 표현했던 십만 개의 그림자의 것일 수도 있었다.

사실은 내가 나쁜 장난을 치기 위해 비탄젤로 모스카르다 씨를 만나러 갔을까요? 아! 선생님들, 그래요. 나쁜 속임수죠(내가 이렇게 눈짓을 보내는 걸 용서하시라. 하지만 나는 눈짓을 해야 한다. 이 순간 내가 당신에게 어떻게 보일지 알 수가 없으므로, 이렇게 눈짓으로 추측하게 하련다.). 그에게 그의 의도에 반하고 일관성 없는 행동을 시키는 것이죠. 돌연 그의 현실 논리를 파괴하여 수많은 타인처럼 마르코 디 디오의 눈 앞에서도 그를 파멸시킬 행동을 말했던 것일까요?

불쌍하게도, 그런 행동으로는 내가 예상한 결과가 나올 수 없다는 것, 다시 말해 모든 사람에게 나중에 내가 이런 질문을 하게 될 줄은 몰랐습니다.

"이젠 아시겠습니까, 선생님들. 당신들이 내게서 보고 싶어 했던 고리대금업자가 사실은 내가 아니라는 걸?"

하지만 반대로 사람들은 모두 놀라서 이렇게 소리칠 수도 있었다.

"오! 보셨죠? 고리대금업자 모스카르다가 미쳤습니다!"

고리대금업자 모스카르다는 우롱하고 조롱할 수 있는 그림자가 아니었기 때문이다. 그는 마땅한 주의사항, 즉 168센티미터의 키에 은행 창립자인 아버지처럼 붉은 머리털, 곡절 악센트처럼 생긴 눈썹과 나의 아내 디다의 사랑스럽고 멍청한 젠제처럼 오른쪽으로 휜 코를 가지고 말할 수 있는 신사였다. 요컨대 하느님이 자유를 주면 미쳐버려서, 타인이 보기에 나였던 그 모든 다른 모스카르다와 나의 아내 디다의 불쌍하고 순진한 젠제를 자신과 함께 정신병원으로 끌고 갈 위험이 있는 신사였다. 경박하게 미소를 지으며 게임을 했던 나도 미쳐버릴 수 있었다.

이번에 나는, 즉 우리 모두는 정신병원을 각오했지만, 그것으로는 충분하지 않았다. 내가(아무도 아니면서 동시에 십만 명인 어떤 사람) 건강을 회복하기 위해 우리는 생명까지 무릅써야 했다.

III
공정증서

나는 우선 크로체피소 가(街) 24번지에 있는 공증인 스탐파 씨의 사무실로 갔다. 왜냐하면(이것은 매우 정확한 사실 자료이다) 모년 모일 비토리오 에마누엘레 3세가 하느님 덕분에 그리고 이탈리아 국왕의 선의로 고귀한 도시 리키에리를 다스릴 때, 에비디오 기사 칭호를 얻은 쉰두 살이나 쉰세 살 가량의 국왕 공증인 스탐파 씨가 크로체피소 가 24번지에 사무실을 열었기 때문이다.

"아직도 그곳에 있나요? 24번지에? 모두 스탐파 씨를 아나요?"

오, 그러니 우리 실수하지 맙시다. 네? 사무실에 들어갔을 때 나는 당신들이 상상할 수 없는 정신 상태였다. 무엇이든 문서를 작성하기 위해 공증인의 사무실에 가는 게 세상에서 가장 자연스러운 일이고, 그리고 당신들 모두 공증인 스탐파 씨를 알고 있는데, 어떻게 내 마음을 상상할 수 있겠는가?

나는 그날 첫 실험 때문에 그곳에 갔다. 당신도 나와 함께 이 실험을 하고 싶다. 좋은 기회죠? 가장 평범한 것처럼 보이는 평화롭고 자유로우며 일상적인 관계에서, 그리고 사물의 이른바 실제 겉모습에서 놀라운 농담을 간파할 좋은 기회가 되겠죠? 그 농담 때문에 심지어 당신은 화가 나서 옆에 있는 친구에게 5분마다 소리친다.

"미안하네! 하지만 왜 자네는 이것을 보지 않나? 자네 맹인인가?"

나는 못 본다. 그가 당신처럼 당신의 것을 보고 있다고 생각할 때, 그는 다른 걸 보기 때문이다. 그는 반대로 그에게 보이는 대로 그것을 본다. 그러므로 그는 당신이 맹인이라고 생각한다.

이미 언급한 바 있듯 나는 이런 농담을 말하는 것이다.

그렇게 오랫동안 생각하고 성찰한 다음, 나는 사무실로 들어갔다. 내 생각과 성찰이 마음속에서 매우 혼란스럽게 뒤섞이는 것 같았다. 한편으로는 냉정해지고 싶었다. 그러나 내가 보는 나는 그가 보는 내가 될 수 없다는 걸 조금도 의심하지 않고, 또 나에게 있어 그는 매일 검은색의 새 넥타이를 매고 주변에 있던 그의 물건과 함께 거울에서 보았던 바로 그 모습이라 확신하며 진지하게 내 앞에 서 있는 스탐파 씨를 보고 나서 얼마나 웃음이 터져 나왔는지 생각해보시라.

이제 아시겠는가? 나는 간사하게도 그에게 '아래를 조심해요! 아래를 조심해!'라고 말하기 위해 눈짓을 하려 했다. 오, 하느님, 나 또한 그가 진짜라고 믿었던 나의 이미지를 장난삼아 악의 없이 바꾸려고 갑자기 얼굴을 찡그려 코를 움직이고 혀를 내밀고 싶었습니다. 그러나 진정해야지, 그렇죠? 자자, 진지해집시다. 실험을 해야 하니 말이요.

"공증인 선생님, 접니다. 실례지만 당신은 항상 이런 침묵 속에 파묻혀 계십니까?"

공증인은 별안간 내 얼굴을 똑바로 쳐다보았다. 그리고 말했다.

"침묵이라뇨? 어디서?"

사실, 그 순간 크로체피소 가에는 사람들과 차들이 끊임없이 왕래하고 있었다.

"물론 길거리는 아닙니다. 하지만 공증인 선생님, 이 책장, 먼지 낀 유리 뒤에 모든 서류가 있습니다. 들리지 않습니까?"

당황한 공증인이 나를 다시 쳐다보더니, 곧 귀를 기울였다.

"무슨 소리죠?"

"할퀴는 소리죠! 아, 미안합니다. 당신의 카나리아가 내는 작은 발소리군요. 미안합니다. 그것은 작은 발톱이죠. 새장의 아연을 할퀴면서……"

"그래요, 하지만 그게 무슨 소리죠?"

"오, 아무것도 아닙니다. 아연이 신경 쓰이지 않나요, 공증인 선생님?"

"아연이오? 누가 그것에 신경 쓰겠습니까? 관심 없어요……"

"하지만 아연을 생각해봐요! 공증인 사무실의 새장에서 카나리아의 연약한 발톱 밑에…… 이 카나리아는 울지 않는군요."

"네, 선생님. 울지 않습니다."

공증인 선생은 나를 쳐다보았다. 나는 실험을 망치지 않기 위해 카나리아를 그곳에 두는 게 신중한 행동이라고 생각했다. 그 실험을 위해 적어도 처음에는, 특히 공증인의 면전에서는 그가 나의 정신적인 능력에 어떤 의혹도 품지 못하게 해야 했다.

고(故) 프란체스코 안토니오 모스카르다의 아들인 어느 비탄젤로 모스카르다 씨와 관련이 있는 모 거리, 몇 번지에 있는 어떤 집을 아느냐고 공증인 선생에게 물었다……

"당신이 아닌가요?"

"그래요. 접니다. 제가 되겠죠……"

애석하게도 공증인 사무실의 먼지 낀 낡은 책장 안에 누렇게 변한 그 모든 서류 뭉치 속에서 어느 비탄첼로 모스카르다 씨와 관련이 있는 어떤 집에 대해 수백 년 전 일인 듯 그렇게 말하는 건 너무 멋진 일이었다…… 그러므로 나는 공증인의 사무실에 계약자로 갔다. 하지만 공증인 선생이 자신의 사무실을 어떻게, 그리고 어디서 보았는지 누가 알겠는가. 내가 느꼈던 것과 다른 어떤 냄새를 맡았는지 누가 알겠는가. 그리고 내가 아득한 목소리로 그에게 말했던 어떤 집이 공증인의 생각 속에서 어디에 어떻게 위치하는지 누가 알겠는가. 그리고 그에게 나는 얼마나 기묘한 존재였는지……

아, 이야기하는 건 정말 유쾌한 일입니다, 선생님들! 이야기보다 더 마음을 편하게 하는 건 없습니다. 인생의 모든 것이 당신 눈앞에서 끊임없이 변한다. 확실한 건 아무것도 없다. 상황이 어떻게 결정되는지 알고, 수많은 고통과 동요 속에 뿌리박힌 사건들이 어떻게 고착되는지 보는 이 휴식 없는 고통! 그러나 반대로 이야기에는 모든 것이 결정되어 있고, 고정되어 있다. 이야기가 아무리 고통스럽고 상황이 아무리 슬퍼도, 그것은 적어도 삼사십 페이지의 책 속에 질서정연하게 고정되어 있다. 한 심술궂은 비평가가 그 이상적인 구조를 허공에 던져버리는 사악한 만족을 느끼지 않는 한 그것은 절대로 변하지 않으리라. 그 구조 속에서 모든 요소들이 서로서로 잘 정돈되어 있으므로, 당신들은 어떻게 모든 결과가 완벽한 논리를 가지고 원인에 종속되는지 그리고 모든 사건이 모년 모일 어쩌고저쩌고 했던 네베르 공작과 함께 특별하고 정확하게 전개되는지 감탄하면서, 그 안에서 휴식을 취했다. 모든 걸 망치지 않기 위해 나는 공증인 스탐파 씨의 의심스럽고, 일시적이고, 실망스러운 현실로 되돌아가야 했다.

"그래요." 나는 서둘러 그에게 말했다. "제 집일 겁니다. 그러니 당신은 제 아버지이신 고 프란체스코 안토니오 모스카르다의 모든 유산처럼 그 집이 제 것임을 어렵지 않게 승인할 수 있겠죠? 그래요! 이 집은 지금 비어 있습니다. 공증인 선생님. 오, 작은 집입니다…… 방이 다섯 개나 여섯 개일 겁니다. 두 명의 비천한 사람들도 함께 있죠—사람들은 그렇게 말들 하죠?—비천한 사람이라, 좋은 표현이군…… 어쨌든 비어 있으니, 제 마음대로 처분할 수 있습니다. 그러니 당신이……"

여기서 나는 몸을 구부리고 작은 목소리로 매우 신중하게 내가 부탁하려고 했던 문서를 공증인 선생에게 요청했다. 지금 당장 그 문서를 언급할 수는 없다. 나는 그에게, '내가 괜찮다고 말할 때까지는 당신과 나 사이의 직업상 비밀로 해야 합니다, 선생님. 알았죠?' 하고 말했다.

공증인은 동의했다. 그러나 그 증서를 만들려면 몇 가지 자료와 서류가 필요하다고 했다. 그것 때문에 나는 콴토르초의 집인 은행에 가야 했다. 나는 애석한 느낌이 들었지만, 자리에서 일어섰다. 내가 어떻게 걷는지 공증인 선생에게 물어보고 싶은 망할 놈의 욕구가 생겼다.

'제가 어떻게 걷죠? 미안하지만, 적어도 당신은 제가 어떻게 걷는지 말해주겠죠.'

간신히 참았다. 그러나 유리창 달린 출입문을 열 때 난 몸을 돌려 그에게 동정 어린 미소를 보내지 않을 수 없었다.

"그래요, 제 발로 걷죠. 감사합니다!"

"뭐라고요?" 공증인 선생은 깜짝 놀라서 물었다.

"아, 아무것도 아닙니다. 제가 몸소 그곳에 가겠다는 것입니다, 공증인 선생님. 저는 말[馬]이 웃는 걸 본 적이 있어요. 그래요, 선생님. 말은 걷고 있는 동안 웃습니다. 당신은 지금 말이 웃는 모습을 보기 위해 그것의 주둥이를 보러 가겠죠. 그리고 제게 와서 말이 웃는 걸 보지 못했다고 말하겠죠. 하지만 주둥이라뇨! 말들은 결코 주둥이로 웃지 않습니다! 말들이 무엇으로 웃는지 아세요, 선생님? 엉덩이로 웃습니다. 말은 때때로 그가 보는 사물이나 머릿속에 스치는 사물을 보고 엉덩이로 웃으며 걷습니다. 말이 웃는 게 보고 싶다면, 그것의 엉덩이를 보세요. 주의 깊게!"

그에게 그렇게 말하는 게 아무 소용이 없다는 걸 안다. 나는 모든 것을 이해한다. 그러나 그 당시 나의 정신 상태를 다시 한번 생각해본다. 사람들이 자신들의 시선을 통해 나를 보았을 때, 그 모든 눈이, 내가 스스로 알고 있던 것이 아니라 알 수도 거부할 수도 없는 이미지를 내게 부여한다고 생각하니 끔찍한 학대를 받는 것 같았다. 그뿐만 아니라, 이쪽에서는 눈짓하고 혀를 내밀지만, 저쪽에서는 길 가는 도중 얼굴을 찡그리면서 몸을 돌리거나 춤추는 발걸음으로 단숨에 길을 날아다니는 듯한 미친 짓을 하고 싶었다…… 그러나 나는 매우 진지하고 또 진지하게 길을 갔다. 당신들도 모두 그렇게 진지하게 걸으니 얼마나 좋은가……

IV
간선도로

나는 공증인 선생이 필요로 했던 서류 때문에 은행에 갔다.

물론 그 집은 내 것이었으므로 그 서류들도 내 것이었고, 나는 그것들을 처분할 수도 있었다. 하지만 잘 생각해보면, 모두 내 것이었음에도 불구하고 그 서류들은 도둑질을 하거나, 모두의 눈에 그 서류들의 합법적인 소유자였던 고리대금업자 비탄젤로 모스카르다 씨에게서 강탈하지 않고서는 내가 가질 수 없는 것이었다.

내가 보기에 이것은 명확한 사실이었다. 나는 고리대금업자 비탄젤로 모스카르다 씨를 내가 아니라 타인들에게서 생생하게 보았기 때문이다. 그러나 타인들은 내게서 그를 보았다. 그들은 내가 은행에 가서 그 서류를 나로부터 훔쳤거나 그게 아니면 포악하게 강탈했다고 생각했다.

내가 아니었다고 말할 수 있었을까? 아니면 내가 다른 사람이었다고? 모든 사람의 눈에 명백히 나 자신과 상반되고 일관성 없게 보이는 행동을 나는 도무지 생각할 수가 없었다.

보다시피 나는 광기의 간선도로를 완벽히 의식하며 일을 계속 진행했다. 그 길은 명확히 나의 현실이었다. 그리고 나의 현실은 이미 생생하고 고결한, 나와 함께 지속한 나의 모든 이미지들과 함께 매우 찬란하게 내 앞에 열려 있었다.

그러나 나는 미쳤다. 내가 미쳤다는 걸 확실히 의식하고 있었기 때문이다. 똑같은 길을 걷고 있던 당신은 그것도 모르고 신중해진다. 그리고 당신 옆에 걷고 있는 사람에게 소리친다.

"내가, 이런가? 내가 저런가? 너는 맹인이야! 넌 미쳤어!"

V
탄압

한편 도둑질은 즉시 이루어질 수가 없었다. 난 그 서류들이 어디에 있는지도 몰랐다. 콴토르초나 피르보의 부하 직원들 중 가장 말단 직원도 은행에서는 나보다 윗사람이었다. 서명 때문에 호출받아 갔을 때도 직원들은 장부에서 눈길조차 떼지 않았다. 누군가가 나를 보았다 해도, 그는 결코 나를 염두에 두지 않았다.

그러나 그들은 모두 열심히 일했고, 그들의 근면한 노동 덕에 마을 사람들이 내게 가졌던 생각, 즉 내가 고리대금업자라는 생각은 점점 강해졌다. 그들은 내가 그들의 근면함을 고맙게 여겨 그들을 칭찬한다기보다는 오히려 그것 때문에 상처를 받는다는 사실을 결코 생각하지 못했다.

아, 은행은 얼마나 냉혹하고 지루한가! 큰 방 세 개를 따라 세운, 불투명 유리로 만든 칸막이벽들엔 각각 다섯 개의 작은 창구들이 있었는데, 그 테두리며 넓은 판이 노란색인 것처럼, 창구들 또한 노란색이었다. 여기저기 잉크 자국이 있었고 깨진 유리판 위엔 풀로 붙인 종잇조각들이 기다랗게 늘어서 있었다. 낡은 테라코타 벽돌이 깔린 바닥은 세 개의 큰 방을 따라 가운데가 마모되어 있었고, 창구 앞 바닥도 닳아 있었다. 이쪽에는 칸막이 유리가 있고 저쪽에는 방마다 먼지 낀 두 개의 넓은 유리창이 있는 슬픈 복도. 여기저기 부풀고 먼지 묻은 갈색 천을 덧댄 테두리는 페인트칠이 벗겨져 있고, 그 아래 창문들 사이엔 잉크 묻은 지저분한 테이블이 있었으며, 그 위 벽에는 펜과 연필로 쓴 숫자들이 늘어서 있었다. 장부 종이의 시큼한 냄새와 일 층에서 지핀 난로가 뿜어내는 후끈한 냄새들이 뒤섞여 곳곳에 악취가 풍겼다. 테이블 옆에는 낡은 의자 몇 개가 우울하게 세워져 있었지만, 아무도 앉지 않았다. 사람들은 모두 그 의자들을 피해 다녔고, 제자리가 아닌 곳에 그것들을 내버려 두었다. 불쌍하고 쓸모없는 의자들은 그렇게 버려지는 게 상처이자 고통이었다.

나는 은행 안으로 들어가면서 여러 번 의자들을 주목했다. '그런데 왜 이 의자들이? 아무도 사용하지 않는다면, 의자에게는 이곳에 있다는 것이 어떤 형벌일까?'

나는 참았다. 그런 곳에서의 의자에 대한 나의 동정이 모든 사람을 깜짝 놀라게 하여 냉소적으로 보일 위험이 있다는 걸 깨달았기 때문은 아니다. 내가 참은 이유는 그 일에 대해 별로 비중을 두지 않는 사람들에게 기묘하게 보일 어떤 일을 고집하여 나를 비웃게 할 수도 있다는 걸 깨달았기 때문이다.

그날 은행으로 들어가면서 직원들이 세 번째 방에 모여 있는 걸 보았다. 그들은 옷차림 때문에 조롱당하는 투롤라와 스테파노 피르보 사이의 논쟁을 지켜보며 때때로 폭소를 터뜨리곤 했다.

불쌍한 투롤라 씨는 긴 상의가 가뜩이나 키 작은 그를 더 작아 보이게 한다고 말하곤 했다. 맞는 말이다. 그러나 여단장처럼 콧수염을 기른 그가 그 작은 키로 무척이나 신중하게 걸을 때면, 짧게 줄인 상의를 입고 있는 자신의 뒷모습이 얼마나 웃긴지 그는 몰랐다. 짧아진 상의로 인해 그의 탱탱한 엉덩이가 드러나 보였기 때문이다.

그때 동료들의 웃음소리에 상처를 받아 창피해서 얼굴이 벌게진 투롤라는 눈물을 닦으려고 짧은 팔을 들어 올리고는 피르보를 쏘아보면서 말했다.

"세상에, 어떻게 그런 말을!"

피르보는 투롤라보다 키가 컸으므로 그의 올린 손을 포악하게 흔들며 그의 면전에 대고 소리쳤다.

"자네가 뭘 알아? 뭘 아냐고? 자네는 자네랑 닮은 알파벳 오(O)자도 몰라."

그때 나는 어떤 사람이 투롤라 씨의 소개로 은행에 대출을 부탁한 문제에 대해 말하고 있음을 알았다. 투롤라 씨는 그가 좋은 사람이라고 말했지만, 피르보는 그 반대라고 주장하고 있었다. 나는 반역의 충동으로 비꼬고 싶은 마음이 생겼다. 아무도 내 고통스러운 속마음을 몰랐으므로, 내가 그러는 이유를 알지 못했다. 두세 명의 직원들을 뒤로 잡아당기며 내가 소리쳤을 때, 모두가 졸도할 지경이었다.

"그럼, 자넨? 자네는 뭘 알아? 무슨 권리로 자네가 제3자를 그렇게 판단하나?"

피르보는 놀라서 몸을 돌려 나를 보았는데, 그렇게 뒤에 서 있는 나를 보고 믿지 못하겠다는 듯 소리쳤다.

"자네 미쳤나?"

나는 왜 그랬는지 모르지만, 그의 면전에 대고 무례한 말을 했고, 그 말은 모두를 오싹하게 했다.

"그래, 자네가 정신병원에 가두라고 동의한 자네 아내처럼!"

피르보는 얼굴이 창백해졌고 경련을 일으켰다.

"뭐라고! 내가 동의한다고?"

나는 어깨를 으쓱했고, 모두들 당황하는 게 짜증이 났다. 동시에 나의 개입이 적절치 못했다는 생각으로 갑자기 싫증이 나서 그의 말을 자르기 위해 대답했다.

"그래, 자네도 잘 알잖아."

이 말을 하고 난 뒤, 나는 마치 돌처럼 굳어졌으므로, 화가 난 피르보가 그 자리를 나가기 전에 이를 갈며 했던 말을 들을 수 없었다. 내가 아는 건, 말다툼 중에 왔던 콴토르초가 나를 사장실로 데려가는 동안 내가 줄곧 미소를 짓고 있었다는 사실이다. 그런 폭력은 이제 필요 없으며 모든 게 끝장났다는 걸 보여주기 위해 난 웃었다. 그 순간 나는 웃고 있으면서도, 누군가를 죽일 수도 있다고 생각했는데, 그만큼 엄격한 콴토르초 때문에 화가 났다는 말이다. 사장실에 도착한 나는 주위를 살펴보기 시작했다. 그때 별안간 정신이 혼미해진 나는 방 안의 이런저런 물건에 유아적인 호기심을 보이면서, 격하게 나를 질책하던 콴토르초를 비웃고 싶은 충동을 느꼈다. 한편으로는 스테파노 피르보가 어려서부터 사람들에게 놀림을 받았다는 사실이 나도 모르는 사이에 무의식적으로 떠올랐다. 혹이 없었음에도 불구하고 그의 몸 전체는 꼽추처럼 보였다. 새처럼 연약하고 기다란 다리 위로, 그러나 우아한, 정말로 우아한 거짓 혹이 달린 꼽추 같았다.

그렇게 생각하니 그가 어려서부터 놀림을 받지 않았던 모든 사람에게 복수하기 위해 자신의 비범하지 않은 지능을 이용했으리라는 사실이 갑자기 명확해지는 것 같았다.

마치 타인이 내 앞에서 이런 생각을 하는 것처럼 나는 그런 생각을 했다. 그는 갑자기 이상하게도 너무 냉담하고 산만해져서 필요하다면 그런 냉담함을 보호하기 위해 대항하기보다는 어떤 사람을 표현하려는 것 같았다. 그 사람 뒤로 나는 점차 알게 된 이미 명확해진 진실을 숨기는 편이 나았다.

'그래, 모든 게 여기 있군' 하고 나는 생각했다. '이런 탄압에. 사람들은 모두 자신의 내면에 있는 세계를 마치 그것이 외부에 있다는 듯 타인들에게 강요하려고 해. 그러면서 타인들이 모두 그들의 방식대로 그것을 봐야 한다고 생각하지. 그리고 타인들은 그가 보는 대로가 아니라면 존재할 수 없다고 생

각하지.'

 전 직원들의 멍청한 얼굴이 다시 생각났다. 나는 생각을 계속했다.

 '그래! 그거야! 대부분의 사람이 본래 만들 수 있는 현실은 어떤 현실일까? 비참하고, 일시적이고, 모호한 현실이지. 그리고 압제자들은 그 현실을 이용하지! 오, 모든 사람이 그들의 방식대로 보고 듣고 생각하고 말하도록 압제자들은 그들 자신과 타인, 사물들에 부여하는 가치와 감각을 따르게 하거나 받아들이도록 하는데, 그러면서 그 현실을 이용하고 있다고 속고 있는 거야.'

 나는 의자에서 일어나 창가로 다가가 심호흡을 했다.

 "세상에! 세상에! 그들은 속고 있어!"

 "누가?"

 "억압하려는 사람들! 예를 들면 피르보가! 여보게, 사실 그들은 말만 강요할 수 있기에 속고 있는 것이네. 알겠나? 각자가 의도하고 각자의 방식대로 반복하는 말. 그렇지만 소위 말하는 여론이란 건 그렇게 형성되잖나! 어느 화창한 날 모든 사람이 되뇌는 이 말에 낙인찍힌 사람은 불행하지. 예를 들면, **고리대금업자**! 예를 들어 **미친놈**! 하지만 말해보게. 한 사람이 있는데, 그가 자네를 보는 대로 자네가 존재하지 않는다며 남들을 설득하여 그가 자네에게 했던 판단에 따라 타인들의 평가 속에 자네를 고정시켜, 남들이 자네를 다른 방식으로 판단하고 보는 걸 불가능하게 한다면 어떻게 가만히 있을 수 있겠나?"

나는 콴토르초가 당황해하는 것을 볼 수 있었다. 스테파노 피르보가 왔기 때문이다. 피르보의 눈을 보니 그가 순식간에 나의 적이 되었다는 걸 알았다. 나 또한 그때는 곧 적이 되었다. 내 말이 가혹했다 해도, 조금 전 내가 느꼈던 격한 감정이 그를 겨냥한 것은 아니었는데, 그가 그것을 이해하지 못했기 때문이다. 사실 나는 그에게 했던 말에 대해 사과하려고 했다. 그렇다. 나는 마치 술 취한 사람처럼 심하게 행동했다. 피르보도 나와 정면으로 마주치자, 위협적인 어투로 말했다.

"자네가 내 아내에 대해 했던 말이 무슨 소린가!"

나는 무릎을 꿇었다.

"그래! 이것 보게!" 나는 피르보에게 소리쳤다. "이렇게!" 나는 바닥에 이마를 댔다. 불현듯 나의 이런 행동이 두려웠다. 그게 아니면 그에게 무릎을 꿇은 사람이 나라고 그가 콴토르초와 함께 생각할까 봐 두려웠을 수도 있었다. 나는 웃으면서 그들을 바라보았고, 쿵쿵 소리가 나도록 바닥에 이마를 네 번 찧었다.

"내가 아니라, 자네는 아냐? 자네 앞에서? 자네는 그렇게 있어야 하지! 나와 그, 그리고 모두가 소위 말하는 미친놈 앞에서, 그렇게!"

나는 화가 나서 일어섰다. 그들은 놀라서 서로의 눈을 쳐다보았다. 하나가 다른 하나에게 물었다.

"무슨 말을 하는 거야?"

"새로운 말이네!" 나는 소리쳤다. "듣고 싶나? 자네들이 그들을 감금한 곳으로 가게. 가서 그들이 하는 말을 들어보게!

자네들이 그들을 가둔 이유는, 그렇게 하는 것이 자네들에게 편하기 때문이지."

나는 웃으면서 피르보의 상의 카라를 움켜잡고 흔들었다.

"알겠나, 스테파노? 자네에게만 유감이 있는 건 아니네! 자네는 화가 났군. 그러지 말게, 이 친구야! 자네 아내가 자네에 대해 뭐라고 말했나? 자네보고 난봉꾼에다 도둑, 지폐 위조범, 사기꾼이며 거짓말쟁이라고 했지! 사실이 아니라네. 아무도 그걸 믿지 않아. 그러나 자네가 그녀를 가두기 전에는 사람들이 모두 놀라서 그녀의 말을 들었지. 난 그 이유를 알고 싶네!"

피르보는 간신히 나를 쳐다보더니, 충고를 구하려는 듯 콴토르초에게 몸을 돌렸다. 그리고 말했다.

"오, 좋아! 아무도 그것을 믿을 수 없었기 때문이야!"

"아니라네, 이 친구야!" 나는 그에게 소리쳤다. "내 눈을 잘 보게!"

"무슨 말인가?"

"내 눈을 잘 보게." 나는 다시 말했다. "그게 사실이라는 말은 아닐세! 조용하게."

피르보는 얼굴을 찡그리며 억지로 나를 쳐다보았다.

"보이나?" 나는 그에게 소리쳤다. "보이나? 자네 자신이! 자네도 무서운가 보군!"

"자네가 미친 것 같아서 그러지!" 피르보는 격분하여 내 얼굴에 대고 소리쳤다.

나는 갑자기 웃음을 터뜨렸고, 그것 때문에 그들이 느낀 공포와 혼란을 보고 참을 수가 없어서 오랫동안 웃었다.

나는 나를 바라보던 눈 때문에 놀라서 갑자기 웃음을 멈추었다. 나의 행동과 말은 그들에게 이유도 의미도 없었던 것이 확실하다. 나는 정신을 가다듬기 위해 무뚝뚝하게 말했다.

"간단히 말하겠네. 오늘 여기 온 것은 마르코 디 디오에 관해 물어보고 싶은 게 있어서네. 오래전부터 집세를 안 내는데, 왜 그를 내쫓지 않는지 알고 싶네."

내 말에 그들이 더욱 당황해하기를 기대하지는 않았다. 그들은 나에 대해, 아니 차라리 의심할 여지없이 갑자기 내게서 발견했던 모르는 존재에 대해 느꼈던 인상을 보존해 줄 버팀목을 상대방의 시선에서 찾으려는 듯 서로를 쳐다보았다.

"무슨 말을 하는 건가? 무슨 말이야?" 칸토르초가 물었다.

"이해하지 못하겠나? 마르코 디 디오 말일세. 집세를 내나 안 내나?"

그들은 계속 입을 벌린 채 서로의 얼굴을 바라보았다. 나는 또다시 폭소를 터뜨렸다. 그리고 진지한 얼굴을 하고 갑자기 우리 앞에 어떤 사람이 튀어나온 듯 말했다.

"자네 언제부터 그런 일에 몰두해왔지?"

그들은 놀랐다기보다는 거의 졸도할 지경에 이르러, 그들이 생각하고 있었고, 막 내게 하려고 했던 말을 누가 했는지 내게서 찾아내려고 눈동자를 굴렸다. 세상에! 내가 그런 말을 했다고요?

"그래." 나는 진지하게 말했다. "자네 아버지가 마르코 디 디오를 괴롭히지 않고 오랫동안 그 집에 둔 걸 잘 알잖나. 왜 지금에 와서 그런 생각을 하게 되었나?"

나는 한 손을 콴토르초의 어깨에 얹고, 진지하기보다는 피곤해서 괴롭다는 표정으로 덧붙여 말했다.

"난 나의 아버지가 아니라네." 그리고 피르보에게 몸을 돌려 다른 손을 그의 어깨에 얹었다.

"자네가 빨리 그 일을 해주길 바라네. 즉시 추방하게. 주인은 바로 나고, 내가 명령하지. 그리고 내가 소유한 집들의 목록과 서류를 보고 싶네. 어디 있지?"

정확한 말이었고, 명확한 요구였다. 마르코 디 디오. 추방. 집들의 목록. 서류. 그러나 그들은 이해하지 못했다. 그들은 정신 나간 사람처럼 나를 쳐다보았다. 그래서 내가 원하는 것을 여러 번 반복해서 말해야 했고, 공증인 스탐파 씨가 필요로 하는 서류가 있는 책장으로 나를 안내하도록 해야 했다. 책장이 있는 방으로 갔을 때, 나는 마치 로봇처럼 나를 그곳으로 데려간 피르보와 콴토르초의 팔을 붙잡고 밖으로 이끌었다. 그리고 그들 앞에서 문을 닫았다.

망연자실한 그들이 문 뒤에서 서로를 잠깐 쳐다보다가, 한 사람이 다른 한 사람에게 이렇게 말했음을 난 확신한다.

"미쳤어!"

VI
도둑질

내가 혼자가 되자마자 책장은 악몽처럼 나를 압박했다.

나는 그 자체로 살아있는 듯이 나의 접근을 막는 책장의 존재를 느꼈다. 그 존재는 너무 낡고 무거우며 좀이 슨 책장 안에 가득 들어 있는 모든 서류를 훼손하지 않게 보호하는 수호자였다.

나는 책장을 보았다. 그리고 즉시 눈을 내리깔고 주변을 둘러보았다.

창문과 낡은 밀짚 의자, 그보다 더 낡은 먼지 쌓인 책상 외에는 아무것도 없었다.

녹슬고 먼지 낀 창문을 통해 불빛이 쓸쓸하게 스며들고 있었다. 그리고 창문 밑으로는 작고 붉은 기와와 창문의 철책을 겨우 알아볼 정도였다.

지붕의 기와와 덧창들의 페인트칠한 나무, 더러운 유리 등등은 생명이 없는 사물이었으며, 모두 부동의 자세로 말이 없었다.

갑자기 아버지의 반지 낀 두 손이 책장 선반에서 서류 뭉치들을 꺼내려고 올라가는 듯한 생각이 들었다. 여러 개의 반지를 끼고 손가락엔 붉은 털이 난, 밀랍으로 만든 듯 희고 통통한 두 손을 나는 보았다. 또한, 서류 뭉치들을 찾고 있는 아버지의 사악한 파란 눈을 보았다.

무서운 나머지 그때, 눈앞에 나타난 그 두 손의 망령을 지우려고 검은색 옷을 입은 나의 육체가 단단히 굳어졌다. 나는 도둑질하려고 들어온 이 육체의 성급한 호흡 소리를 들었다. 책장의 유리를 여는 나의 두 손을 보자 등줄기에 전율이 느껴졌다. 나는 이를 악물고 몸을 떨었다. 그리고는 화가 나서 생각했다.

'이 많은 서류 중에 내게 필요한 서류는 어디 있을까?'

무슨 일이든 서두르기 위해 서류들을 한 아름 밑으로 끌어내어 책상 위로 던지기 시작했다. 얼마 후 팔에 통증을 느꼈는데, 그 통증 때문에 울어야 할지 웃어야 할지 몰랐다. 나 자신에게 그렇게 도둑질을 시키는 게 농담이 아니었을까?

나는 다시 주변을 살펴보았다. 그 안에서 나에 대해 더는 확신할 수 없었기 때문이다. 나는 어떤 행동을 완성하려는 참이었다. 하지만 나였을까? 나와 분리될 수 없는 그 모든 **이방인**들이 그곳에 들어왔고, 내가 나의 것이 아닌 손으로 도둑질을 저지르고 있을지도 모른다는 생각이 엄습해왔다.

나는 손을 보았다.

맞다. 내가 알고 있던 손이었다. 하지만 그 손이 오로지 내게만 속했던 것일까?

나는 곧 손을 등 뒤로 숨겼다. 그것으로 충분하지 않다는 듯 두 눈을 감았다. 어둠 속에서 모든 명확한 일관성이 없는 어떤 의지를 느꼈다. 그리고 이 육체로 내가 기절할지도 모른다는 공포감을 느꼈다. 나는 본능적으로 한 손을 내밀어 책상에 기대고 눈을 크게 떴다.

"그래! 그래!" 나는 말했다. "아무 논리도 없어! 아무 논리도 없다고! 그렇게!"

그리고 나는 서류들을 뒤지기 시작했다.

얼마나 찾았을까? 모르겠다. 내가 아는 건, 얼마 후 분노가 다시 사그라들었고, 매우 절망적인 피로감을 느꼈다는 것이다. 나는 서류 더미들로 가득한 책상 앞 의자에 앉아 있었고, 나의 무릎 위엔 다른 서류들이 나를 압박하고 있었다. 서류에 머리를 처박고, 그 전례 없던 계획을 포기할 수가 없어서 그렇게 절망감을 느꼈는데, 정말로 죽고 싶었다.

서류에 머리를 기댄 채, 아마도 눈물을 참기 위해서인 듯 두 눈을 감고 있으니, 밖에서 부는 바람결에 아득히 먼 곳에서인 듯 달걀을 낳았다고 암탉이 슬프게 우는 소리가 들려왔다. 그 소리를 듣노라니 문득 어려서부터 가지 않았던 고향이 생각났다. 때때로 바람에 덧창이 삐걱대는 소리가 나를 자극했다. 예기치 않게 출입문에서 노크 소리가 들리자 나는 벌떡 일어섰다. 나는 화가 나서 소리쳤다.

"날 귀찮게 하지 마!"

나는 곧 열심히 서류를 찾기 시작했다.

마침내 그 집 관련 모든 서류가 든 꾸러미를 발견했을 때, 나는 해방감을 느꼈다. 기뻐서 벌떡 일어섰지만, 나는 재빨리 출입문부터 살폈다. 기쁨에서 슬픔으로의 이런 변화는 너무도 재빠른 것이어서 **내가 나를 볼 수 있을 정도였다**. 그리고 나는 그것에 두려움을 느꼈다. 도둑놈! 나는 도둑질을 했다. **정말로** 도둑질을 했다. 나는 출입문에 등을 기대고 조끼 단추를 풀었다. 셔츠의 단추를 풀고 부피가 꽤 되는 그 꾸러미를 쑤셔 넣었다.

그때 바퀴벌레 한 마리가 책장 밑에서 튀어나와 창문 쪽으로 향했다. 나는 재빨리 발을 들어 올려 그것을 밟았다.

나는 몹시 불쾌한 얼굴로 다른 서류들을 책장 안으로 난잡하게 집어넣고 방을 나왔다.

다행히도 콴토르초와 피르보, 직원들은 모두 퇴근했다. 늙은 수위가 있었지만, 아무것도 눈치채지 못했다.

"저 안의 바닥을 치워요. 바퀴벌레를 밟았습니다."

그리고 나는 공증인 스탐파 씨의 사무실이 있는 크로체피소 가로 달려갔다.

VII
폭발

석양이 지기 전, 이미 어두워진 골목 안에 있는 마르코 디디오의 오두막 앞, 아직 불을 켜지 않은 가로등 옆의 물받이에 떨어지는 물소리가 지금도 들린다. 비를 피하려고 벽을 따라서서 강제로 내쫓기는 장면을 보는 사람들과 비 오는 대문 앞에 내팽개쳐진 비참한 가재도구들, 모여 있는 사람들을 보기 위해 호기심 때문에 우산을 쓰고 멈춰 서 있던 사람들이 지금도 눈에 선하다. 머리를 풀어헤친 디아만테 여사는 고함을 지르며 때때로 창문으로 가서 휘파람을 동반한 이상한 악담을 퍼부었고, 맨발의 불량소년들은 흉측한 소음을 냈다. 소년들은 비는 아랑곳하지 않고 비참한 가재도구들 옆에서 춤을 추며 웅덩이의 물을 튀겼다. 그 옆에 서 있던 호기심 많은 사람들은 자신들에게 물이 튀자 소년들에게 욕설을 퍼부었다. 그리고 이렇게 덧붙였다.

"애비보다 더 구역질나는 놈이야!"

"이렇게 비가 오는데! 내일까지 기다려주면 어때서!"

"불쌍한 미치광이에게 이렇게 포악을 떨다니!"

"고리대금업자야! 고리대금업자!"

내가 수행원 둘과 경관 한 명의 보호를 받으며 일부러 강제 이주를 지켜보았기 때문이다.

"고리대금업자야! 고리대금업자!"

나는 그 말을 비웃었다. 아마도 내 얼굴은 약간 창백했으리라. 그렇지만 기쁨에 들떠 창자가 늘어지는 것 같았던 나는, 목젖이 간질거려 침을 꿀꺽 삼켰다. 때때로 단지 뭔가를 응시해야 할 때, 난 태만하게 오두막 대문의 문틀을 쳐다보았다. 그 장면으로부터 고립되기 위해서였는데, 그런 순간엔 아무도 그것이 거리의 소음과는 상관없는 우울한 문틀일 뿐임을 기쁘게 확인하기 위해 그것을 쳐다볼 생각을 하지 않을 것이기 때문이었다. 여기저기에 구멍이 나고 회색 페인트칠이 벗겨졌지만 다른 물건들과 함께 오두막에서 옮겨진 낡은 변기가 길 한가운데 작은 책상 위, 모두가 보는 앞에 있다는 사실 때문에 문틀은 얼굴을 붉힐 필요가 없었다.

그러나 이렇게 나를 단절시키는 기쁨도 오래가지 못했다. 강제 이주가 끝나자, 마르코 디 디오가 그의 아내 디아만테와 오두막에서 나오며 보호 경관과 수행원들 사이에 있는 나를 보고 더는 참을 수가 없었던지, 내가 대문의 문틀을 응시하는 동안 낡은 석재 조소용 망치를 들고 내게 욕을 해댔다. 경관이 자기 쪽으로 나를 잡아당기지 않았다면, 그는 나를 죽도록 때렸을 것이다. 고성이 오가는 혼란의 와중에 두 수행원은 내 앞에서 격분한 그 불한당을 저지하기 위해 뛰어들었다. 수가 늘어난 군중도 마르코 디 디오를 방어하기 위해 내게 뛰어들었다. 그때 공증인 스탐파 씨의 사무실에서 일하는, 검은 옷을 입은 키 작은 청년이 쇠약해 보이지만 흥분한 얼굴로 골목 한가운데 쌓여 있던 가재도구들 사이의 작은 책상 위로 뛰어올라 성급한 몸짓을 하며 소리치기 시작했다.

"멈춰요! 멈춰! 내 말을 들어요! 전 공증인 스탐파 씨 대신 왔습니다! 내 말을 들어봐요! 마르코 디 디오 씨! 마르코 디 디오 씨는 어디 있죠? 그를 위한 선물이 있다는 사실을 알리기 위해 공증인 스탐파 씨 대신 제가 왔습니다! 이 고리대금업자 모스카르다 씨가……"

어떻게 말해야 할지 모르겠지만 나는, 기적을 기다리며 온몸을 떨었다. 사람들이 보는 가운데 순식간에 있을 나의 변신을. 그런데 갑자기 떨리는 내 몸이 수천 개의 조각으로 잘리는 듯했고, 나의 존재가 내동댕이쳐져서, 나를 욕하는 군중의 욕설과 난잡한 고함 소리가 뒤섞인 날카로운 휘파람 소리에 폭발하여 여기저기 널려 있는 것 같았다. 그리고 잔인하게 강제 이사를 시킨 뒤, 내가 그런 선물을 한 것인지도 확인할 수가 없었다.

"죽여! 타도하자!" 군중이 소리쳤다. "고리대금업자야! 고리대금업자!"

본능적으로 나는 기다리라는 신호를 보내려고 두 손을 들었다. 그러나 애원하는 것 같아 재빨리 두 손을 내렸다. 그러는 동안 그 청년은 책상 위에서 조용히 하라고 팔을 휘두르며, 계속 소리쳤다.

"아니에요! 아니에요! 내 말을 들어요. 그분이 공증인 스탐파 씨와 함께 선물했습니다. 마르코 디 디오 씨에게 집을 선물했어요."

모든 군중이 아연실색했다. 그러나 멀리 서 있던 나는 실망하여 굴욕감을 느꼈다. 그런데도 군중의 침묵은 나를 매료시켰다. 한순간, 보이지 않고 아무 소리도 내지 않던 장작더미에 불을 붙인 듯 여기서는 옥수수 줄기가 저기서는 나무 덤불이 튀어 오르더니 마침내 연기와 불꽃을 내며 잡목들이 탁탁 소리를 냈다.

"그가" "집을?" "왜?" "어떤 집?" "조용히!" "뭐라고?" 군중이 이런저런 질문을 하기 시작하자 그들의 속삭이는 소리는 더욱 빠르게 퍼져나갔고, 그러는 동안 사무실 청년은 그들에게 확증을 주었다.

"네, 그래요. 집 한 채를! 그 집은 산티 가 15번지에 있습니다. 그리고 또 있어요! 작업실 설치와 비품을 사기 위한 1만 리라도 선물하셨습니다!"

나는 이어지는 광경을 볼 수가 없었다. 그것을 즐기고 싶은 마음도 없었는데, 왜냐하면 그 순간에는 다른 곳으로 뛰어가야 한다는 압박감에 시달리고 있었기 때문이다. 나는 그러나 내가 남아 있었다면 느꼈을 기쁨이 뭔지 즉시 알아차렸다.

나는 마르코 디 디오가 와서 그 집을 가지기를 기다리며 산티 가에 있는 그 집의 현관에 숨어 있었다. 현관에는 계단의 불빛이 겨우 비쳤다. 뒤따르는 군중과 함께 공증인이 준 열쇠로 대문을 열고, 마치 유령처럼 벽에 기대어 있는 나를 보았을 때, 마르코 디 디오는 순간 멈칫하더니 얼굴을 일그러뜨렸다. 그는 잔인한 눈빛으로 나를 노려보았는데, 나는 결코 그 눈빛을 잊어버리지 않으리라. 그는 짐승처럼 숨을 헐떡였는데, 그것은 마치 울음과 흐느낌을 뒤섞어놓은 듯했다. 그러면서 흥분하여 내게 덤벼들더니 나를 칭찬하기 위해서였는지 죽이려는 것이었는지는 모르겠지만, 나를 벽에 대고 흔들며 소리치기 시작했다.

"미쳤어! 미쳤어! 미쳤다고!"

대문 앞에 있던 군중들도 똑같이 외쳤다.

"미쳤어! 미쳤어! 미쳤다고!"

내가 사람들이 나라고 믿었던 대로 존재할 수 없다는 걸 남들에게 보여주고 싶었기 때문이다.

다섯 번째 책

I

다리 사이에 꼬리를 감추고

 아버지도 생전에 나처럼 잔인한 기쁨을 느끼며 '과잉 친절'을 베푸셨다는 콴토르초의 생각은 다행히도 즉시 내게 효과를 보였다. 피르보가 나의 미친 행동으로 심각하게 손상된 은행의 신용을 회복하려면 나를 정신병원에 가두고 권리를 박탈해야 한다고 맹렬히 주장했듯이, 콴토르초는 나의 아버지를 정신병원에 가두거나 아니면 적어도 권리를 박탈해야 한다는 생각을 결코 하지 않았다.
 오, 하나님, 마을 사람들 모두 내가 은행의 업무에 눈곱만치도 관여하지 않는다는 사실을 몰랐단 말입니까? 나는 지금 왜 이런 명예롭지 못한 협박을 받고 있다고 느끼는 것입니까? 나의 그런 행위로 은행이 무엇을 얻을까요?

좋다. 그러나 그때 콴토르초가 아버지 등 뒤로 나를 숨기자는 제안을 했다. 때때로 아버지가 그런 돌발적인 행동을 하시긴 했어도, 일처리는 잘하셨기에 아무도 아버지를 정신병원에 가두거나 사업에 관여하지 못하게 하겠다는 생각을 할 수 없을 만큼 아버지의 정신은 확고하였다. 그러나 나는 판단력이 없고 일에 무관심했을 뿐만 아니라 남에게 돈을 줄 정도로 미쳐 있었으며, 아버지가 은밀한 수완으로 쌓아놓은 걸 파렴치하게 파괴해버릴 정도로 마음씨가 좋았다.

말할 것도 없이 피르보가 논리적이었다. 그러나 원한다면 콴토르초가 그보다 더하면 더했지 못하진 않았다. 콴토르초는(나는 그를 조금도 의심하지 않는다) 내가 은행의 주인이지만, 업무에 대한 나의 무관심과 어리석음을 가지고 나를 공격하기 위한 무기로 사용할 수 없다는 걸 피르보와 단둘이 있을 때 주지시켰다. 나의 그런 점 때문에 은행의 진짜 주인은 그들이 될 수 있기 때문이었다. 그러므로 이 문제를 거론하지 않고 내가 다시 미친 짓을 저지르고 싶은 기미를 보일 때까지는 입을 다무는 편이 더 낫다는 것이다.

그러나 나는 나대로—방금 전 했던 실험으로 그 순간 내가 압도당했듯이—다리 사이에 꼬리를 감추는 편이 더 낫지 않았다면, 피르보에게 다른 점을 주목시킬 수도 있었을 것이다. 그러나 그와 콴토르초는 그런 말다툼을 해결하지 못했다. 더구나 내가 입힌 손해보다는 내가 직원들 앞에서 퍼부었던 모욕적인 언사에 복수하려는 피르보의 열망이 훨씬 우세했거나, 아니면 콴토르초가 관심을 보이는 관용이 차라리 더

우세했는지는 확실하지 않았다.

II
디다의 웃음

    나는 기운이 없어서 디다의 치마폭 사이에 누운 그녀의 쌀쌀맞고, 조용하고, 태만한 멍청이 젠제 속에 틀어박혔다. 디다와 모든 사람에게 정신이 멀쩡하다는 걸 보이기 위해서였다. 사람들이 내 행동이 미친 짓이라고 생각하고 싶었다면, 그녀 앞에 있는 젠제의 광기라고 생각했을 것이다. 그러므로 그 행동은 차라리 순진한 바보의 가볍고 일시적인 변덕일 뿐이었다.

    디다가 자신의 젠제에게 했던 잔소리 때문에 나는 때때로 말할 수 없는 실망감에 인내력을 탕진해버리는 것 같았다. 때로 비탄에 빠진 것은 아니지만, 정말로 그가 다소 큰 실수를 저질렀다는 걸 인정한다 해도 모든 것에 항복하고 싶지는 않다는 완고한 표정을 지어야 했기 때문에 웃음을 참을 길이 없어 온몸이 부서지는 것 같았다. 동시에 그녀를 정탐하려고 가늘게 뜬 그의 두 눈과 갑자기 마주치게 될까 봐 두려웠다. 또한, 내 고통스러운 비밀을 고백할 수 없어 참혹한 절망감을 느꼈는데, 그것이 그의 입을 통해 소름 끼칠 만큼 끔찍한 외침으로 터져 나올까 봐 두려웠다.

    아, 그것은 정말로 고백할 수 없는 고통이었다. 오로지 나의 정신과만 관련되었기 때문이다. 가령 아내가 그녀 앞에 있는, 그러나 나는 아니었던 그녀의 젠제에게 부여했던 여기 이곳에 있는 형태, 즉 그녀가 내 안에서 진짜라고 생각하고 접촉했던 형태를 통해 내가 인식할 수 있었던 모든 형태 외부에 그 고통이 자리 잡고 있었기 때문이다. 그때 내가 누구였고, 나를 압박했던 지독한 고통이 그 사람 아닌 누구의 것이며, 어디에 있는지 말할 수 없었다 해도, 분명 나는 아니었다. 이제는 너무나 고통스러운 나머지 나는 나로부터 소외되었고, 마치 눈먼 사람처럼 나의 육신을 타인들에게 주었다. 사람들은 각자 내 안에 있는 분리될 수 없는 이방인들 중에서 자신이 생각한 어떤 사람을 선택했기 때문이다. 그가 원했다면 그 사람을 방망이로 때릴 수도 있었고, 그에게 키스를 하거나, 아니면 그를 정신병원에 감금해버릴 수도 있었을 것이다.

"이리와, 젠제. 여기 앉아. 여기 이렇게. 내 눈을 잘 봐. 왜 싫다는 거야? 나를 보고 싶지 않아?" 두 손으로 그녀의 얼굴을 감싸고 그녀가 보여주고 싶어 했던 그녀의 눈과는 전혀 다른 지옥의 심연 같은 눈을 보라고 강요하고 싶은 유혹이란!

디다가 내게 와서 내 머리를 움켜잡더니, 내 무릎에 앉았다. 나는 그녀의 무게를 느꼈다.

그 육체는 누구였을까?

내가 그것이 누군지 알고 있다고 그녀는 확신했다.

확신에 찬 웃음으로 나를 보고 있는 그녀의 두 눈에 공포를 느꼈다. 그녀가 자신의 두 눈으로 나를 쳐다보듯이 그렇게 내가 존재한다고 확신하며 나를 애무하는 그 차가운 손에 나는 두려움을 느꼈다. 내게 무관심했다고 생각하면서 내 무릎에 앉아 있던 그녀의 육체에 대해서도 두려움을 느꼈다. 그녀는 자신의 육체가 실제로는 오직 나를 위한 것만이 아니며, 내가 두 팔로 그것을 끌어안을 때 그녀의 육체를 통해 완전히 내게만 속하는 한 여인을 안고 있는 것임을 절대 의심하지 않았다. 이방인은 아니지만, 나 또한 그녀가 어떻게 존재하는지 말할 수 없었다. 나에게 그녀는 내가 보고 만진 만큼만 존재했기 때문이다. 그러므로 이 머리와—이 눈과—이 입술에 나는 사랑의 열정으로 키스를 했던 것이다. 그러나 나와는 달리 그녀는 아득히 먼 열정으로 내게 키스했다. 그때 그녀에겐 모든 것이 이를테면 성(性), 자연, 이미지와 사물의 의미, 그녀의 정신을 구성했던 생각과 애정, 기억, 취향, 부드러운 볼로 나의 거친 볼을 비비는 행위 등 모든 게 달랐다. 끔찍하게도 두 명의 이방인이 서로 그렇게 껴안고 있었다. 남자가 여자에게만 이방인이었던 것이 아니라 각자 타인이 껴안고 있는 그 육체 안에서 이방인이었던 것이다.

당신은 결코 그런 공포감을 느껴본 경험이 없다. 나는 그것을 알고 있다. 당신은 당신의 여자가 당신 안에서 다른 사람, 즉 불가사의한 그녀의 남자를 껴안고 있다는 사실은 알지도 못한 채 그녀 안에 있는 당신의 모든 세계를 두 팔로 안고 있다고 생각하기 때문이다. 그러나 그런 공포를 느끼려면 무엇이든 사소한 것을 잠시라도 생각하는 걸로 충분하다. 이를테면 당신은 좋아하지만, 그녀는 싫어하는 것, 즉 색깔이나 맛, 어떤 것에 대한 견해 따위를 생각해 보시라. 그러나 당신은 취향이

나 감각, 견해의 다양성에 대해 단지 표면적으로만 생각하지 않으리라. 당신이 그녀를 보고 있는 동안 그녀의 두 눈은 당신처럼 당신이 보는 사물을 보지 않는다. 당신이 그녀를 손으로 만지듯 당신을 위해 존재하는 현실, 인생, 세상은 그녀에겐 존재하지 않는다. 그녀는 동일한 사물과 당신, 그리고 그녀 자신 속에서 다른 현실을 보고 접촉하지만, 그것이 어떤 현실인지 당신에게 말할 수 없다. 그녀를 위해 존재하는 그것이 당신에게는 또 다른 것인지 생각할 수 없기 때문이다.

아무리 단호한 표정을 지으려 해도 결국 디다는 그녀의 젠제가 했던 잔인한 게임을 비웃었다. 그가 장난을 친 것이고 그 이상은 아니라고 생각했으며, 모든 사람이 자신처럼 생각하지 않으리라고는 상상도 하지 못했다. 그런 그녀를 보고 있노라면 나는 냉혹한 원한을 감출 수 없었고, 그것이 나의 영혼을 더욱 차갑게 만들었다.

"하지만 그게 어디 할 농담인지 생각해봐! 비가 오는데 내쫓다니. 모든 사람의 반감을 사면서도 그곳에 있었다니, 자기는 정말 바보야! 사람들이 자기를 순식간에 때려죽일 뻔했잖아!"

이렇게 말한 그녀는 화가 난 내 얼굴을 보더니 웃음을 감추려고 얼굴을 돌렸다. 물론 그녀의 젠제의 얼굴에 나타난 나의 원한이 그 순간 그녀가 보았듯이 모든 사람의 반감을 샀던, 내쫓는 그 순간에도 나타났으리라 생각하는 듯 그녀는 경멸감을 보였다. 다름이 아닌 이해할 수 없는, 실패로 끝난 농담이었기 때문에 그녀의 눈엔 그녀의 '바보'에 대한 조롱 섞인 경멸감이 서렸다.

"그때 무슨 생각을 하고 있었어? 사람들을 시켜 비 오는 길바닥에 거지 같은 가재도구를 내던지고 있을 때, 사람들이 분노한 그 미치광이를 보고 비웃었을 거라고 생각했어? 하지만 그가―당신도 거기서 보았겠지만―선물 때문에 놀라다니! 피르보 씨가 옳아. 정신병원 얘기는 정말 사악한 농담이야. 그렇게 싸게 그곳에 들어갈 수 있다니. 저쪽으로 가. 저쪽으로! 비비를 데리고 밖으로 나가."

강아지의 붉은 목걸이가 손에 쥐어졌다. 그녀는 가볍게 고개를 숙여 자신을 물지 않도록 비비의 주둥이에 입마개를 씌웠고, 나는 정신 나간 사람처럼 그 옆에 앉아 있었다.

"뭐해! 안 가?"

"가."

등 뒤로 문을 닫은 나는, 벽에 기대어 계단에 주저앉았고 영영 일어나고 싶지 않았다.

III
비비와의 대화

나는 길을 가다 말고 담에 기대 서서 강아지를 어디로 데려가야 할지 모르는 나를 보았다. 강아지도 나처럼 함께 가고 싶지 않은 것 같았다. 강아지는 작은 다리로 버티고 서서 줄을 잡아당겼고, 나는 화가 나서 목줄을 힘껏 잡아당겼는데, 하마

터면 붉은 줄이 끊어질 뻔했다.

나는 주택을 짓기 위해 팔린, 집에서 멀지 않은 경작지로 들어가 숨었다. 이웃 사람들은 그곳에 커다란 저택이 들어서면 얼마나 흉할지 알지 못했다. 기초 공사를 하기 위해 땅이 군데군데 파헤쳐졌다. 쌓아 올린 흙더미 몇 개가 그곳에 그대로 방치되어 왔었다. 여기저기 빽빽하게 자란 잡초들 사이로는 건축용 석재들이 쓰기도 전에 부서지고 버려진 듯 흩어져 있었다. 나는 돌 위에 앉아서 푸른 하늘 사이로 높이 솟은 주변의 집을 보았다. 창문 하나 없는 벽은 온통 흰색 페인트로 칠해져 있어 뜨겁게 내리쬐는 햇빛을 받아 반짝였다. 나는 고개를 숙여 잡초들의 그림자를 보았다. 작은 곤충들만이 요란하게 울어댈 뿐 주위는 정적이 감돌았고, 잡초들은 뜨겁게 호흡했다. 나의 출현에 화가 나 내 주위를 돌며 성가시게 윙윙거리는 음산한 파리 한 마리가 있었다. 비비는 내 앞에 앉아 아무도 기다리지 않는, 아니 밤에는 누군가 지나가기를 기다렸던 곳에 우리가 왜 왔는지 물어보려는 듯 낙담하고 놀라 두 귀를 쫑긋 세우고 있었다.

"그래, 비비." 나는 말했다. "이 미친놈은…… 난 그를 느껴. 그는 지금 다른 사람들로부터 내게 올 수 있는 가장 작은 광인이야. 그는 육체를 가지고 있어. 더욱 나쁜 건 그가 영혼의 욕망으로 인해 나타났다는 거야, 비비. 그에 대해 알지 못하는 네가 정말 부럽다."

나는 비비의 앞다리를 내 쪽으로 잡아당기고 계속 말한다.

"내가 왜 여기 와서 숨는지 알고 싶니? 비비, 그건 사람들이 나를 쳐다보기 때문이야. 그게 바로 사람들의 결점이지만, 그걸 없앨 수는 없어. 그러니 우리는 모두 타인의 시선을 받아야만 하는 어떤 육체를 조롱할 수 있는 악취미를 버려야만 해. 아, 비비, 비비야. 난 어떻게 하지? 나는 이제 타인의 시선을 받을 수가 없어. 너의 시선도. 지금도 네가 나를 어떻게 보는지 두려워. 아무도 자신이 보는 것을 의심하지 않아. 사람들은 자기처럼 남들에게도 사물들이 똑같이 보인다는 확신을 하고 살아가지. 말없이 사람들과 사물들을 바라본다고 생각하는 사람이 있는지 생각해보자 우리. 너희들이 그들을 어떻게 보고 또 그들에 대해 무슨 생각을 하고 있는지 누가 알겠니. 나는 점점 나의 현실과 타인들의 눈에 비친 모든 사물의 현실을 잃어버리고 있었어. 나를 만지자마자 나는 나를 잃어버린단다. 나의 촉각을 통해 타인들이 내게 부여하는 현실을 생각하지만, 지금 난 그것을 알 수 없을 뿐만 아니라 앞으로도 알 수 없기 때문이야. 그런 거란다. 알겠니? 나는 지금 네게 말하고 있는 이 사람을—지금 이렇게 너의 두 다리를 들어올린—정말 모르겠다. 네게 말을 하고 있으면서도 나는, 네게 말하는 사람이 누군지 정말 모르겠다."

그때 그 불쌍한 짐승이 갑자기 뛰어올랐고, 두 다리를 잡은 내 손에서 벗어나려고 몸부림쳤다. 내가 한 말 때문에 놀라서 그렇게 갑자기 뛰어오른 것일지도 모른다는 생각이 들기도 전에, 다리를 다치지 않도록 놔주었다. 그러자 비비는 갑자기 풀밭 사이에 있던 흰 고양이를 향해 짖으며 적의를 드러냈다.

그러나 뛰어가는 도중 다리 사이로 끌리던 빨간색 줄이 덤불에 걸려 몸이 뒤로 젖혀지더니, 갑자기 뒤로 꼬꾸라져 빙글 돌았다. 비비는 화가 나서 게거품을 물고 으르렁거리며 몸을 곤추세웠다. 그러나 자신의 중단된 분노를 어디에 풀어야 할지 몰라 네 다리로 버티고 서 있었다. 비비는 여기저기 둘러보았지만, 고양이는 이제 보이지 않았다.

비비는 재채기를 했다.

처음에 나는, 비비가 그렇게 뛰어가다 뒤로 곤두박질치는 모습을 보고 웃을 수 있었고, 또 다음엔 그렇게 멈춰 있는 걸 조롱할 수도 있었다. 그러나 나는 고개를 저으며 비비를 불렀다. 다친 다리로 마치 춤을 추듯 비비는 나에게 천천히 천천히 다가왔다. 바로 내 앞까지 온 비비가 재밌던 이야기를 계속 듣고 싶다는 듯, 앞다리를 내밀어 내 무릎에 기댔다. 내가 말하면서 머리를 긁어주었기 때문이다.

"안 돼, 안 돼. 됐어, 비비." 나는 말했다. "우리 차라리 눈을 감자."

나는 비비의 머리를 두 손으로 감쌌다. 비비는 내 손아귀에서 벗어나기 위해 몸을 흔들었고, 나는 그를 놓아주었다.

잠시 후, 비비는 내 다리 위에 누워 앞다리 쪽으로 작은 주둥이를 갖다 댔다. 귀엽고 애교가 많은 불쌍한 강아지는 자신의 삶을 짓눌렀던 권태와 피곤함을 더는 견딜 수 없다는 듯 깊은 한숨을 쉬었다.

IV
타인들의 시선

 어떤 사람이 자살하려고 마음먹을 때, 그는 왜 자신이 아니라 타인을 위해서 죽겠다고 하는 것일까?

 그곳에서 한 시간 이상 명상을 하고 난 나는, 그런 의문이 들어 또다시 괴로웠다. 그 순간이 생을 끝내려는 순간은 아니었으리라. 내게 질투심을 느꼈던 많은 사람들을 놀라게 하거나 그들이 내게서 느꼈던 어리석음을 한번 실험해보기 위해서였을 뿐 그 명상은 내가 느낀 고통에서 벗어나기 위한 건 아니었기 때문이다.

 돌연한 나의 죽음에 대해 여러 가지 상상을 해봤지만, 이내 나는 나의 아내와 콴토르초, 피르보, 그리고 내가 아는 많은 사람들이 당황하고 놀란 나머지 갑자기 어떤 반응을 보일지를 생각해볼 수 있었다. 그 질문의 답을 찾으려고 애쓰는 동안 나는 결코 내가 부재한다고 느끼지 않았다. 나의 두 눈에는 어떤 식으로든 타인들의 시선 없이 내가 나를 어떻게 보았는지 말할 수 있는 나를 위한 시선, 나 자신의 육체와 다른 모든 사물을 타인들이 볼 것이라고 내가 어떻게 상상할 수 있는지 말할 수 있는 나를 위한 시선은 정말로 없었다는 걸 인정해야 했기 때문이다. 나의 눈은 그러므로 이런 타인들의 시선이 없었다면, 내 눈이 보았던 것을 정말로 알 수 없었을 것이다.

 나는 갑자기 등줄기에 오한을 느꼈는데, 어렸을 때도 그런 느낌을 받은 적이 있었다. 생각에 잠긴 채 들판을 걸어갈 때, 나는 갑자기 머나먼 태양의 쓸쓸한 고독 속에서 길을 잃은 나를 보았다. 그 순간 느꼈던 공포를 나는 명확히 이해할 수 없었다. 그것은 바로 이런 느낌이었다. 한순간에서 다른 한순간까지 타인들의 시선을 받지 않고 홀로 있는 나를 발견하는 무엇인가에 대한 공포였던 것이다.

우리는 타인들이 볼 수 없던 무엇인가를 발견할 때마다 그것을 함께 보기 위해 누군가를 부르러 달려가지는 않는다.

"오, 하느님. 그것이 무엇입니까?"

어쨌든 타인들의 시선이 우리가 보는 현실을 우리에게 형성하는 데 도움을 주지 않는다면 우리는 우리가 보는 것을 더 이상 알 수 없다. 우리의 의식은 사라진다. 우리에게 가장 친숙하다고 믿었던 이 의식은 우리들 속에 있는 타인을 의미하기 때문이다. 그러므로 우리는 혼자 있다고 느낄 수 없다.

나는 놀라서 벌떡 일어섰다. 나는 나의 고독을 알고 있었다. 그러나 이제는 단지 그것을 느낄 뿐이었고 내가 보았던 모든 사물을 통해 내 앞에 버티고 있는 공포를 만지작거릴 뿐이었다. 나는 한 손을 치켜들어 바라보았다. 타인의 시선은, 환영을 통하지 않으면 우리들의 눈 속에 없을 뿐만 아니라 있을 수도 없기 때문이다. 그러나 그 환영을 신뢰할 수가 없었다. 정신이 완전히 혼미해진 나는 강아지의 눈 속에서 바로 나 자신의 공포를 보는 것 같았다. 강아지도 갑자기 일어나 내 앞에 있는 공포를 없애려는 듯 나를 바라보았다. 나는 강아지를 발로 걷어찼다. 괴롭게 짖어대는 비비를 향해, 나는 머리를 쥐어뜯으며 절망적으로 소리치기 시작했다.

"나는 미쳤어! 미쳤다고!"

왜 그랬는지는 모르지만, 나는 그 절망적인 몸짓으로 나를 다시 바라보았다. 가슴속이 터져버릴 듯 나오려던 울음이 갑자기 웃음소리로 바뀌었다. 나는 조금씩 절뚝거리던 불쌍한 비비를 불렀으며, 나 또한 장난삼아 다리를 절기 시작했다. 유쾌하면서도 참을 수 없는 불안감에 사로잡혀, 나는 비비에게 장난을 쳤고, 계속 장난치고 싶다고 말했다. 그 작은 짐승은 내게 이렇게 말하려는 듯 재채기를 했다.

"난 싫어! 거절하겠어!"

"아, 그래? 비비 너는 하지 않는다고?"

나는 그 말을 되풀이하도록 재채기를 하기 시작했으며, 비비는 재채기할 때마다 이렇게 반복했다.

"난 싫어! 거절하겠어!"

V
재미있는 놀이

내가 찼나요? 내가? 그 불쌍한 짐승을?

나라니! 말도 안 돼! 들판에서 길을 잃은 어떤 소년이 모든 것에 대해, 동시에 매우 하찮은 것에 대해 뭔지 모를 공포감에 사로잡혀 그 짐승을 때렸던 것이다. 어떤 하찮은 것은, 그가 그때 혼자 우연히 보았을 수도 있는 무엇인가로 변할 수도 있었다.

이곳 도시에서 길을 걸어갈 때 그럴 위험은 이제 없다. 제기랄! 사람들은 각자 타인의 환영 속에서는 아름다운 법이다. 그렇지 않다고 말한다면 다른 사람들이 모두 잘못한 것인데, 다시 말해 사람들은 모두 각자 보았던 대로 타인이 존재하지 않는다고 확신할 수 있을 것이다.

나는 모든 사람에게 이렇게 소리치고 싶었다.

"그래요! 네! 우리 게임 합시다. 게임을!"

그리고 창문을 통해 우연히 보고 있던 사람에게 표시를 하는 게임을 합시다. 그래요! 그가 밑으로 몸을 던지도록 유리창을 열어줍시다.

"재미있는 게임이죠! 친애하는 신사 숙녀 여러분, 당신들을 위한 모든 환영을 벗어나 몸을 던진 타인들이, 한순간만이라도 죽음으로부터 살아 돌아와 자신들의 환영 속에서 당신이 숨 쉬는 세상을 볼 수 있으니 정말 놀랍고 즐거운 일 아닐까요? 네!"

아직 살아있었던 나는 그 게임을 이해할 수 없었음에도 불구하고 그것을 생각하려고 했는데, 그것이 불행이었다. 그 게임이 타인의 눈 속에 있다는 걸 알고 있었음에도, 그것을 알 수 없다는 생각으로 나의 유쾌한 조바심은 점점 포악해져 갔다.

신이여시여, 조금 전 나를 쳐다봤다는 이유로 그 불쌍한 비비에게 가한 발길질을 용서하세요. 저는 모든 사람을 발로 차고 싶었습니다.

VI
곱하기와 빼기

집 안으로 들어가보니, 콴토르초가 내 아내 디다와 담소를 나누고 있었다.

그들은 어슴푸레한 빛이 비치는 거실에 앉아 있었다. 뚱뚱하고 피부가 까무잡잡한 남자는 초록색 소파에 푹 파묻혀 있었고, 하얀 피부의 우아한 아내는 온통 주름진 옷을 입고 옆 소파에 앉아 있었다. 그들은 내 얘기를 하고 있었다. 내가 안으로 들어서자, 둘이 동시에 소리쳤기 때문이다.

"오, 드디어 왔군!"

그들이 내가 들어오는 것을 보았기 때문에 나는 몸을 돌려 나와 함께 들어온 타인을 찾고 싶은 유혹을 느꼈다. 그러나 나는 내가 디다의 '젠제'가 아닌 것처럼 콴토르초의 '귀여운 비탄젤로' 또한 아니라는 것을 잘 알고 있었음에도, 아버지의 친척 콴토르초의 '사랑스러운 비탄젤로'도 아내의 '젠제'와 같이 내가 아니었지만, 디다에게는 내가 그녀의 '젠제'일 뿐인 것처럼, 콴토르초게 나는 그의 '사랑스러운 비탄젤로'일 뿐이라는 걸 잘 알고 있었다. 그러므로 그 두 사람은 그들 눈에 비친 두 사람이 아니라 **한 명 한 명**을 통해 내가 알고 있었던 나를 통한 두 사람이었다. 그들 눈에 나로서의 나는 아무도 아니었다는 걸 의미하기 때문에 나에게 있어 그는 더 많아진 것이 아니라 더 적어진 것이었다.

오로지 그들의 눈에만? 나뿐만 아니라 고독한 나의 정신에게도 나는 아무도 아니었다. 그 순간 나의 정신은 겉으로는 동일했지만, 그들이 부여한, 억압할 수 없는 다양한 현실 속에서 아무도 아닌 사람의 그것처럼 스스로 자신의 몸을 바라보기가 두려웠다.

내가 몸을 돌리자 아내는 물었다.

"누구를 찾아?"

나는 웃으면서 서둘러 대답했다.

"아무도 아닌 사람. 아무도 아니야. 여기 왔어!"

물론 그들은 내가 내 옆에서 찾았던 '아무도 아닌 사람'으로 무엇을 말하려고 했는지 이해하지 못했다. 그들은 '여기 왔어'라고 내가 말한 것이, 거실에서 현재 우리가 아홉이 아니라 세 명이 있다는 것을 확신해서 그러는 거라 생각했다. 나는—나 자신을 위해—이제 중요한 사람이 아니었으므로, 차라리 여덟 명일 수도 있었다.

나는 이렇게 말하고 싶었다.

1. 자신을 위해 존재했던 디다
2. 나를 위해 존재했던 디다
3. 콴토르초를 위해 존재했던 디다
4. 자신을 위해 존재했던 콴토르초
5. 디다를 위해 존재했던 콴토르초
6. 나를 위해 존재했던 콴토르초
7. 디다의 사랑스러운 젠제
8. 콴토르초의 사랑스러운 젠제

세 명이라고 생각했던 여덟 명이 거실에서 서로 재미난 대화를 시작했다.

VII
그러나 나는 혼자 말했다

(오, 하느님. 그들이 보는 것을 알지 못하는 나의 두 눈을 쳐다볼 때, 불현듯 그들의 확신이 위태롭다는 것을 느끼지 못할까요?

매우 구체적이고 평범한 일을 하는 사람을 쳐다보기 위해 잠시 멈춰 선다. 그리고 우리는 그가 하고 있는 것을 잘 모르며, 그것이 그 자신에게도 모호할 수 있다는 의심을 품도록 그를 바라본다. 그것이 모호하고 불안정한 확신임을 알기 위해서는 이것으로 충분하다. 우리를 보지 않거나 우리가 보는 것을 보지 않는 두 개의 공허한 눈보다 더 혼란스럽고 불안한 것은 없다.

"왜 그렇게 쳐다보니?"

모든 사람이 탈출구 없는 자신의 고독을 두려움 가득한 눈으로 보아야 한다고 생각하는 사람은 아무도 없다.)

VIII
철두철미하게

사실, 콴토르초는 나와 눈을 마주치자마자 불안해했다. 말을 하면서도 당황했고, 스스로 원하지 않으면서도 '안 돼, 기다려'라고 말하려는 듯 한 손을 들어 올렸다.

그러나 나는 곧 속임수를 알아차렸다.

콴토르초는 너무나 당황했는데, 그것은 나의 눈빛이 그의 확신을 동요시켰기 때문이 아니라 그가 방문한 이유를 내가 이미 알아차렸다는 것을 내 눈을 보고 읽었기 때문이다. 그는 자신이나 피르보가 책임질 수도 없는 독단적인 행동을 갑작스레 하겠다면서 내가 나의 권리를 주장한다면, 더는 은행의 책임자 노릇을 할 수 없다고 항의하면서 피르보와 작당하여 나를 꼼짝 못하게 할 셈이었다.

이 점을 확신한 나는 전에 그와 피르보 앞에서 미친 사람처럼 말하면서 행동했던 방식이 아닌 그 반대의 방식을 통해 그를 놀래게 해주리라 마음먹었다. 자신의 계획을 진정으로 확신하고 있던 그가, 이내 어떻게 줄행랑을 놓을지 보는 재미가 있었기 때문이다. 이는 그의 확고부동한 결의로 인해 느낄 수 있는 재미를 말하는 것인데, 이를 통해 나는 내가 원하지도 않았는데 어떤 하찮은 일 때문에 그의 확고한 신념이 무너져버리는 상황을 볼 수 있었던 것이다. 그 하찮은 일이란 내가 하는 말 한마디일 수도 있고 그 말을 하는 어조일 수도 있는데, 나는 이렇게 그가 하는 말을 방해하여 그의 마음을 바꾸게 할 수 있었다. 그리하여 그는 자신의 고독한 현실을 마음속으로 느꼈던 것처럼 외부에서도 그것을 보고 상처를 받았다.

특히 피르보가 나의 행동 때문에 마음의 평정을 얻지 못한다고 콴토르초가 내게 말하자마자 나는 그를 화나게 하려고 실없이 웃으며 물었다.

"아직도?"

그는 화를 냈다.

"아직도라니? 이보게! 책장의 서류를 그렇게 엉망으로 만들어놓지 않았나. 피르보가 다시 정리하려면 적어도 두 달은 걸릴 걸세."

그러자 나는 매우 심각한 얼굴로 디다에게 물었다.

"여보, 당신은 그 농담을 믿었어?"

디다는 망설이는 얼굴로 나를 쳐다보았다. 그리고는 콴토르초를 보고 또 나를 보더니, 걱정스러운 얼굴로 물었다.

"그런데 자기가 어떻게 했는데?"

나는 손을 들어 기다리라는 신호를 보냈다. 그리고 더욱 진지한 얼굴로 콴토르초에게 말했다.

"피르보가 책장이 엉망인 걸 보았다고? 그런데 자네는 그곳에서 내가 무엇을 발견했는지 왜 물어보지 않지?"

그러자 콴토르초는 소파에 앉아 동요하는 빛을 보였는데, 나의 질문보다는 도전적인 어투 때문에 당황했다는 걸 본능적으로 감추기 위해 스무 번이 넘도록 눈을 깜박거렸다.

"무엇…… 무엇을 발견했는데?" 그는 더듬거렸다.

나는 제스처를 써가며 즉시 대답했다.

"25센티미터나 되는 먼지!"

그들은 놀라서 서로의 얼굴을 바라보았다. 나의 어투는 내가 멍청해서 정말로 어리석은 말을 했다는 투가 아니었기 때문이다. 망연자실한 콴토르초가 말했다.

"25센티미터나 되는 먼지라니? 무슨 말이야?"

"그 모든 서류가 잠자고 있었네. 몇 년 전부터! 그래, 먼지가 25센티미터나 쌓였어. 사실 집 한 채가 비어 있었잖아. 그리고 또 다른 집은 오랫동안 임대료를 받지 않았잖나!"

콴토르초는—내가 예측하지 못했던 것인데—이번엔 차라리 정신이 나간 척했다.

"아, 그래서 자네는 그 집을 찾아내 선물을 했나?"

"아니라네. 이 친구야." 나는 즉시 약간 흥분한 듯 소리쳤지만, 계속 진지한 태도를 유지했다. "이보게, 그렇지 않다네! 자네와 피르보 둘 다 내게 많은 것들을, 그중에서도 나의 계좌에 대해 속이고 있다는 것을 보여주기 위해서라네! 내가 어리석은 말을 늘어놓고 부주의한 행동을 하는 것처럼 보이겠지만 그것이 진실은 아니라네. 알지? 나는 모든 것을 관찰하기 때문에 다 알고 있어. 모든 것을 관찰한다고!"

콴토르초는—이번에는 나의 예측대로—반발하며 소리쳤다.

"자네가 무엇을 관찰했는데? 제발! 자넨 책장에 쌓인 먼지를 관찰했겠지!"

"내 손을 관찰했다네." 나는 왜 그런지 알 수는 없지만, 손을 보이며 갑자기 오한을 느끼는 듯한 어투로 덧붙여 말하고 싶었다. 서류를 훔치려고 손을 들어 올린, 그 작은 방에 있던 내 모습이 다시 생각났다. 그곳에서 내 아버지의 통통하고 하얀 손과 여러 개의 반지를 낀 붉은 털이 난 손가락을 기억해내고는 갑자기 온몸에 전율을 느꼈던 것이다.

"난 은행에 가지." 점점 더 당황해하는 아내와 콴토르초를 본 나는 갑자기 짜증이 나고 역겨워져서 말했다. "자네들이 나보고 서명하라고 호출할 때만 은행에 가지. 그렇지만 그곳에서 하는 모든 일을 알기 위해서, 내가 직접 은행에 갈 필요는 없다는 걸 알아두게."

나는 곁눈질로 콴토르초를 노려보았다. 그의 얼굴이 매우 창백해 보였다(그러나 우리 조심합시다. 난 언제나 내가 본 얼굴을 말하고 있다. 디다의 콴토르초는 그렇지 않기 때문이다. 디다가 보기에 그의 얼굴이 창백했다면, 그것은 무서워서가 아니라 경멸감 때문일 것이다. 나는 무서워서라고 생각했지만 말이다). 어쨌든 난 정말이라고 말하기 위해 손을 가슴에 댔다. 콴토르초는 눈을 동그랗게 뜨고 내게 물었다.

"아, 그래서 자네는 우리에게 스파이를 붙였나? 그래서 우리를 못 믿겠다는 건가?"

"난 믿어. 믿는다고. 난 스파이를 두지 않아." 나는 서둘러 그를 안심시켰다. "난 밖에서 자네들이 하는 일의 결과를 관찰하지. 그것으로 충분하다네. 자네가 내게 말했잖나. 자네와 피르보는 업무를 처리할 때 내 아버지의 규정을 따른다고 했지, 그게 사실인가?

"물론이야!"

"나도 그걸 의심하진 않네. 하지만 자네들은 자네들 편하자고 한 사람은 책임자로, 다른 한 사람은 법률고문으로 사무실을 지키고 있잖아. 불행하게도 아버지는 안 계시지. 나는 동네 앞에 있는 은행의 업무를 누가 책임지는지 알고 싶다네."

"누가 책임지다니?" 콴토르초가 말했다. "우리, 우리잖아! 우리가 그러는 이유는 자네가 다른 일에 참견하느라 그 일에 관여하길 원치 않는다고 생각하기 때문이야. 자넨 쓸데없는 일에 경거망동하잖나!"

나는 손가락을 좌우로 흔들며 그의 말을 부정하면서, 조용히 말했다.

"그렇지 않아. 자네들이 내 아버지의 규정을 정확히 따른다면, 책임자는 자네들이 아니겠지. 누가 뭐래도, 자네들은 그 규정을 따르지 않고 있네. 내가 그 이유를 자네들에게 묻는다면 자네들은 내 앞에서 그것에 대해 해명할 수는 있네. 이제 동네 사람들 앞에서 누가 책임을 지나? 책임은 자네들이 만든 문서에 서명하는 내가 져. 나 말이야! 나! 그리고 자네들은, 그래 자네들이 만든 서류에 내 서명을 원하지. 하지만 자네들은 내가 만든 것에는 서명해주길 거부하더군."

콴토르초는 너무 놀라 겁을 먹었을 것이다. 그 순간 소파에서 세 번이나 벌떡 일어나면서 소리쳤기 때문이다.

"그래! 그 잘난 서명! 그 잘난 서명 말이지! 하지만 우리들의 규정이 바로 은행의 규정이기 때문이네! 자네의 규정은, 미안하지만 내가 말하겠네. 자네의 규정은 미친 사람의 것이잖아! 미친 사람!"

나는 벌떡 일어나 마치 무기처럼 집게손가락으로 그의 가슴을 쿡쿡 찔렀다.

"자넨 내가 미쳤다고 생각하나?"

"아니야!" 그는 나의 위협적인 행동에 얼굴이 새하얗게 질리며 대답했다.

"아니라고?" 나는 그의 눈을 노려보며 소리쳤다. "일단 우리 사이엔 이 점이 증명됐어. 조심하게!"

그러자 콴토르초는 아무것도 이해하지 못하고 당혹스러워했는데, 그것은 내가 정말로 미칠 수도 있다는 걸 한 번 더 의심했기 때문은 아니었다. 그가 나를 그렇게 생각하고 있지 않다는 걸 내가 억지로 증명하려는 이유를 이해하지 못한 채, 그는 모호한 나의 계략이 두려웠기 때문에 그렇게 빨리 아니라고 말했던 걸 조금씩 후회했다. 그리하여 어색한 미소를 지으며 자신이 했던 말을 취소하려고 했다.

"아니야. 기다리게⋯⋯ 하지만 자네는 인정해야만 하네⋯⋯"

이 얼마나 재미있는 일인가! 정말 웃기는 일이다! 눈살을 찌푸리며 나와 콴토르초를 번갈아 바라보던 디다는 그와 나에 대해 어떻게 생각해야 할지 더는 모르겠다는 표정을 지었다. 나의 돌발적인 행동과 느닷없는 질문이 그녀에게는 그녀의 젠제가 한 행동이고 질문이었다. 거기 있는 콴토르초와 피르보 씨가, 세상에나!, 그녀의 젠제를 몰라보게 할 정도로 그에게 그렇게 큰 실수를 하지 않았다고 하지만, 저 당황해하는 콴토르초 씨 앞에 서 있는 그 사람처럼 그의 돌발적인 행동과 질문은 진정 이해할 수 없었다. 그런 행동과 질문 때문에 그녀는 존경할 만한 콴토르초 씨의 신중한 판단력을 의심하게 되었다. 그녀의 의혹은 너무도 확실하게 표출되었고, 약간의 미소를 통해 자신이 했던 말을 철회하기 위해 그녀에게 도움을 구하려고 생각하자마자 콴토르초는 자신이 지금까지 신뢰할 수 있다고 믿었던 확실한 사람을 잃었음을 알고는 어찌할 바를 몰라 했다.

나는 갑자기 웃음을 터뜨렸다. 그러나 그들은 그 이유를 몰랐다. 나는 그들을 흔들면서 그 이유를 정면에서 말하고 싶은 유혹을 느꼈다. '봤지? 봤지? 너희들과 타인에 대해 의심하도록 하려면 한마디 사소한 말로 충분한데, 너희들은 어떻게 그렇게 확신할 수 있지?'

"난 가겠어!" 나는 내 정신이 정상이라는 평가가 그 순간만은 절대 중요하지 않음을 그들에게 보여주기 위해 경멸하는 듯한 몸짓으로 일어섰다. "대답해주게. 은행에서 여러 개의 보통 저울과 작은 저울을 보았네. 담보의 무게를 재는 데 필요한 것들 아닌가? 하지만 자넨 자네의 양심에 대해 말해주어야겠네. 남들에게 그랬듯이 자네가 은행의 정상적인 업무를 신중하게 고려했는지 말해달라는 걸세."

이 질문에 콴토르초는 내가 아닌 남들이 그를 배신자라며 길 밖으로 끌어낸 듯 다시 한 번 놀라며 자신을 바라보았다.

"내 양심에 대해서?"

"자네와 관련이 없다고 생각하나?" 나는 즉시 반박했다.

"난 그것을 알고 있네! 자넨 아마 내 양심 또한 상관이 없다고 생각할 걸세. 내 아버지의 규정에 따라 운영하기 위해 내가 다른 모든 재산과 함께 그것을 은행에 오랫동안 맡겨두었기 때문이라네."

"하지만 은행은……" 콴토르초는 반발하려고 했다.

나는 또다시 벌떡 일어섰다.

"은행…… 은행…… 자넨 은행밖에 보이는 게 없군. 하지만 이번엔 내 차례야. 밖에서 난 고리대금업자라는 소리를 듣는다고!"

이렇게 말하고 갑자기 나가버리자 콴토르초는 콴토르초대로 내가 가장 심한 욕을 했거나 아니면 가장 멍청한 말을 한 듯 벌떡 일어섰다. 그는 밖으로 도망가버릴 것처럼 "오, 하느님. 축복을!"이란 말을 외치며 두 팔을 벌렸다. 그리고 또다시 "오, 하느님. 축복을!"이라고 말하고 머리를 쥐어뜯으며 되돌아오면서 '들었죠? 저 억지소리 들었죠? 그가 내게 심각한 말이라도 할 줄 알았습니다!'라고 말하려는 듯 내 아내를 쳐다보았다. 그는 내 팔을 움켜잡았다. 그의 그런 행동은 그의 성난 몸짓 때문에 본능적으로 내가 가졌던 혼란으로부터 나를 일깨우기 위해서인 것처럼 보였다. 그는 소리쳤다.

"하지만 자네 정말 이런 생각을 진지하게 하고 있는 건가? 가버려! 가라고!"

그는 복수하기 위해 내 아내를 보며 나를 가리켰다. 그녀는 웃고 있었다. 그녀는 배꼽이 빠져라 웃고 있었는데, 내가 한 말 때문이 아니라 그 말이 콴토르초에게 갖는 효과 때문에 그랬을 것이다. 줄곧 혼란을 느꼈기 때문이기도 했지만, 마침내 자신의 멍청한 젠제의 가장 확실한 이미지를 찾았기 때문에 그렇듯 포복절도했던 것이다.

그런데 그 순간 논쟁을 시작했고, 또 논쟁을 계속 맡겼던 내 영혼에 무슨 일이 일어날지 결코 예측하지 못했던 만큼, 그렇게 웃는 아내의 모습을 보니 나는 갑자기 상처를 받은 것 같았다. 내가 생생하게 살아있는 어느 한순간에 상처를 받았던 것이다. 그러나 그 순간이 어떤 것이고 어디에 있는지 나는 알 수 없었을 것이다. 마침내 나는 그들 앞에서 나로서의 나는 존재하지 않지만, 아내의 '젠제'와 콴토르초의 사랑스런 '비탄젤로'는 존재한다는 것을 명확히 알았다. 그러나 그 두 개의 모습에서 내가 살아있다고 느낄 수는 없었다.

나를 위한 누군가처럼 내가 나 스스로 생생한 나를 표현할 수 있는 모든 이미지 외에, 또 타인들을 통해 내가 생각할 수 있는 나에 관한 모든 이미지 외에, 내 속에 '살아있는 생생한 순간'은 그렇게 내면에서부터 상처받았다는 느낌으로 전해져왔지만, 내 눈빛은 그곳까지 미치지 못했다.

"그만 웃지 못하겠어!" 나는 아내에게 소리쳤다. 그러나 목소리가 너무 험악해서 그녀는 나를 쳐다보며(그녀가 어떤 얼굴로 나를 쳐다보았는지 누가 알겠는가), 갑자기 벙어리가 되었고, 온통 얼굴이 일그러졌다.

"그리고 자네는 내가 하는 말을 염두에 두게." 나는 즉시 콴토르초를 바라보며 덧붙였다.

"바로 오늘 저녁 은행 문을 닫았으면 좋겠네."

"문을 닫다니? 무슨 소린가?"

"문을 닫아! 닫으라고!" 나는 그에게 덤벼들면서 소리쳤다.

"난 은행이 문 닫기를 원한다고! 내가 은행의 주인인가, 아닌가?"

"아니라네, 이 친구야! 주인이라니!" 그는 반박했다. "자네만 주인이 아니라네!"

"그럼 또 누가 있지? 자넨가? 피르보 씬가?"

"자네 장인이지! 그리고 다른 많은 사람들도!"

"하지만 은행엔 내 이름만 붙어 있잖나!"

"그렇지 않아. 은행을 세운 자네 아버지 이름도 있네!"

"그렇다면, 난 아버지 이름을 빼고 싶네!"

"빼다니! 그건 불가능해!"

"오, 생각해보게! 내가 내 이름의 주인이 아닌가? 또 내 아버지 이름의 주인이 아닌가?"

"아니지. 자네 아버지 이름이 은행 창립 서류에 써 있기 때문이네. 그 이름은 바로 자네의 이름처럼 자네 아버지가 세우신 은행의 이름이기도 하지! 그분의 이름도 자네의 권리와 똑같은 권리를 가진다네!"

"아, 그래?"

"그럼, 그렇고말고!"

"그럼, 돈은? 아버지가 은행에 넣어둔 돈은 그분의 것인가? 아버지는 돈을 은행에 남겨주었나, 아니면 내게 주셨나?"

"자네에게 남겨주셨지. 그러나 은행에 투자한 돈이지."

"내가 더는 투자를 원하지 않는다면? 내가 내 마음대로 돈을 인출해서 다른 곳에 투자한다면, 난 은행의 주인이 아닌가?"

"자넨 은행을 내팽개치겠다는 건가?"

"자넨 내가 그런 일에 신경 쓰길 바라나? 난 그런 일은 더 이상 알고 싶지도 않네!"

"하지만 자네가 허락한다면, 남들에겐 중요한 일이지! 자넨 남들의 이익뿐만 아니라 자네 자신, 자네의 아내와 자네 장인의 이익까지도 손해를 끼치고 있단 말이네!"

"상관없네! 남들은 그들이 원하는 일을 하지. 그들은 자신들의 돈을 그대로 두고 싶어 하겠지. 난 내 돈을 인출하겠네."

"그렇다면, 자네는 은행을 팔아넘기겠단 말인가?"

"난 이런 일의 끝을 알아! 난 내가 내 돈을 인출하고 싶다는 것을 알고 있네. '내가 원한다는 것'을 알겠나? 그것으로 충분하단 말이네!"

이제 나는 그렇게 치고받는 식의 격렬한 논쟁이 두 명의 적대자가 서로 싸우는 권투와 같다는 것을 알았다. 그들은 각자 자신이 가한 타격이 상대방을 쓰러뜨릴 것이라 확신하며 때리고 받아치고 다시 때리면서 서로 죽도록 패고 싶어 한다. 그러나 결국 두 사람 모두 상대방이 굴복하도록 고집을 피우는 게 쓸모없는 일임을 확신하게 된다. 화가 나서 서로 소리쳤던 그들은 본능적으로 두 주먹을 쥐고 상대방의 얼굴에까지 손을 치켜들면서 가장 우스꽝스러운 장면을 연출했다. 상대를 때리지는 않았지만, 그들은 이를 악물고, 코를 씰룩거렸으며, 눈썹을 찌푸리고 온몸을 부들부들 떨었다.

마지막으로 나는 '원하고' '원하고' '또 원한다'는 말을 세 번이나 반복하면서 콴토르초의 저항을 물리쳐야 했다. 그는 기도하는 자세로 두 손을 모았다.

"그렇다면 적어도 그 이유는 알 수 있겠지? 그렇게 갑자기 결정한 이유는 뭔가?"

나는 그의 그런 행동을 보자 머리가 어지러웠다. 나는 점점 내게 몸을 기울이며 애원하는 그와 놀라서 초조해진 아내에게, 모든 사람에게 나의 매우 중요한 결정을 고집하는 이유를 즉시 설명하는 게 불가능한 일임을 알아차렸다. 그 순간 혼란스럽다고 생각했던 그 이유는 오랜 시간의 고통스러운 명상으로 뒤틀리고 미묘해져서 나 자신에게조차 명확해 보이지 않았다. 그때 나는 집에 들어오자마자 홀로 발견했을 때부터, 어슴푸레하게 빛나던 끔찍한 석양 때문에 짜증이 났으며, 논쟁으로 화가 나고 흥분하여 온몸이 찢어질 것만 같았다. 그러나 습관적인 자신의 감정을 맹목적으로 따르며 살았던 타인들은 모두 그 석양빛이 어둡다고 생각했다. 내가 단 하나의 이유라도 그들에게 말한다면, 나는 그 두 사람 모두에게 돌이킬 수 없는 광인처럼 보일 것을 즉시 알아차렸다. 예를 들어 그들이 나를 보았던 대로, 조금 전까지 나는 결코 나를 보지 못했으며, 은행의 높은 이자를 공개적으로 알아야 할 필요도 없었고, 그것에 무관심하고 조용히 살아가는 어떤 한 사람일 뿐이라고 말한다면 말이다. 나는 그들의 모습 속에서 겨우 젠제를 알아차렸다. 그들에게 그는 믿을 수 없을 정도로 순진해 보였기 때문에 한 사람에게 그렇게 희극적인 몸짓을 하게 만들었고, 다른 한 사람에겐 웃음을 참지 못하게 할 정도였다. 그러니 그들의 눈에는 나의 이 중요한 결정이 정말 믿을 수 없을 정도로 확실해 보이는 '순진함'으로부터 근거한다고 어떻게 말할 수 있겠는가? 하지만 태어나기도 전부터 내가 이미 고리대금업자였다면? 내 주머니에서 떨어진 손수건처럼 내 의지와 무관하게 남들의 눈에 나와 상반되고 일치하지 않는 행동을 하는 나를 광기의 간선도로 위에서 내가 보지 않는다면? 고리대금업자 비탄첼로 모스카르다 씨는 정말로 미칠 수도 있었지만, 어떤 식으로든 해체될 수 없다는 것을 나 스스로 알고 있었다면?

그렇다면, 바로 이 순간이야말로 내가 상처를 받은 '생생한 순간'이었으며, 그 순간 나는 모든 사람을 이해하지 못했다. 고리대금업자라니. 말도 안 돼. 나는 나를 위해 존재하지 않았던 그 고리대금업자가 타인들을 위해 존재하는 것도 원치 않았다. 앞으로도 내 인생의 모든 조건을 파괴하는 희생을 치를지언정 결코 그런 고리대금업자가 되지는 않을 것이다. 바로 이것이 굳건한 의지로 느낀 나의 감정이었다. 그 의지 덕분에 (그때까지 나는 그것을 불안과 의혹으로 생각했음에도 불구하고) 나는 돌처럼 자신 속에 갇혀서 아무 말도 듣지 않는 고독한 타인들을 알게 되었다. 그러므로 내가 갑자기 당황해하는 것을 이용해 아내가 벌떡 일어나 내게 다가와 내 얼굴을 감싸고 그녀의 젠제에게 하고 싶었던 우스꽝스러운 명령조의 태도로 끝을 내라고 강요하는 것으로 충분했다. 그녀의 이런 행동 때문에 난 다시 눈에 초점을 잃고 그녀의 팔목을 잡고 흔들면서 그녀를 소파로 밀어버렸다.

"당신도 내가 아닌 당신의 젠제로 끝내라고. 내가 아니지. 내가 아니란 말이야! 그런 꼭두각시는 끝이야! 난 내가 원하는 일을 하고 싶어. 내가 어떻게 만들어졌는지 알고 싶다고!"

나는 콴토르초를 바라보았다.

"알겠어?"

나는 화가 나서 거실을 나왔다.

여섯 번째 책

I

얼굴을 맞대고

　잠시 후 우리에 갇힌 짐승처럼 방문을 걸어 잠근 나는 아내에게 했던 격한 행동 때문에 한숨을 몰아쉬었다. 난 그녀의 얼굴을 뚫어지게 바라보면서 그녀의 손목을 붙잡고 그녀를 흔들며 뒤로 밀어젖혀서 소파에 꼬꾸라지게 했다. 내가 흔들 때마다 그녀의 희고 가벼운 육체는 얇은 조각으로 산산이 부서져 버릴 것 같았다.

　아, 갑자기 야수처럼 포악하게 폭력을 행사하고 보니, 눈처럼 새하얀 주름 옷을 입은 아내가 얼마나 가벼웠던지!

　부서지기 쉬운 인형처럼 소파에 거칠게 내동댕이쳐진 그녀를 다시 일으켜 세우지 않으리라. 지금까지 그녀와 함께했던 나의 인생은 모두 그런 인형 놀이였다. 이제 그 놀이는 중단

되었고, 영원히 다시 시작되지 않을 것이다.

나의 폭력에 대한 공포는 나를 압박했고, 난 여전히 손을 떨고 있었다. 그러나 나는 그 공포가 나의 폭력 때문이 아니라 결국 나에게 **실체를 부여했던** 어떤 의지와 감정이 맹목적으로 생기기 때문이라는 걸 알았다. 그것은 두려움을 유발하고 내 손을 떨게 만드는 동물적인 실체였다.

나는 '어떤 사람'이 되었다.

나는,

현재 내가 그렇게 되기를 바랐던 나.

현재 내가 그렇게 느꼈던 나.

마침내!

이젠 고리대금업자(그 은행도 끝장이야!)도 젠체도(꼭두각시 노릇도 끝장이야!) 아니었다.

그러나 나의 심장은 계속 두근거렸다. 나는 호흡을 멈추었다. 손톱이 살에 파고들 정도로 손을 쥐었다 폈다 했다. 그런 나의 행동도 의식하지 못한 채 나는 한 손으로 다른 손바닥을 할퀴었다가, 재갈을 참지 못하는 말처럼 고통으로 얼굴을 찌푸리며 방안을 부산하게 돌아다녔다. 나는 헛소리를 지껄였다.

'하지만 난 어떤 사람, 누구지? 누구냔 말이야?'

나를 위해 존재하는 어떤 사람처럼 나로부터 나를 보기 위한 눈이 없었다면? 다른 모든 사람의 눈은 등 뒤에서 나를 계속 바라보았지만, 나 자신이 나를 위해 어떻게 만들어졌는지 몰랐다면, 새로 생긴 나의 이런 의지 속에서 그들이 나를 어떻게 볼지도 알 수 없었다.

난 이제 젠제가 아니었다.

어떤 타인이었다.

나는 바로 이것을 원했다.

그러나 아무도 아니면서 동시에 십만 명인 나를 발견했던 이 고통이 아니라면 다른 무엇을 내 안에 가지고 있었을까?

나의 이 새로운 의지와 감정은 나도 몰랐던 생생한 순간에 느낀 상처 때문에 맹목적으로 나타날 수도 있었다. 그러나 그 의지와 감정은 곧 내가 발견했던 순간부터 끔찍하게도 변하지 않는 어슴푸레한 빛 속으로 곤두박질쳤다.

무엇보다도 나는 나를 다시 조립하기 위해 그 상처로부터 나온 약간의 피와 괴롭고 고통스러운 약간의 감정을 가지고, 그 약간의 의지를 가진 빈약한 해골을 위해 무엇을 준비할 수 있을지 예측하고 싶었다. 언제나 타인들의 시선에 놀라는 야위고 불쌍한 자여. 또한 나는, 은행을 청산하고 얻은 한 줌의 돈을 가지고 무엇을 준비할 수 있을지 알고 싶었다. 어떻게 그 돈을 가질 수 있을까?

노동을 통해 그 돈을 벌었단 말인가? 다른 고리대금업에 이용하지 못하게 돈을 은행에서 인출하는 것으로 충분히 그 돈이 정화되는 것일까? 그렇다면 어떻게 하지? 그것을 던져버릴까? 난 어떻게 살았지? 내가 어떤 일을 할 수 있었지? 그리고 디다는?

디다 또한 내 안에 있는 **생생한 순간**이었다—그녀가 집에 없는 지금에서야 나는 그것을 잘 느끼고 있었다. 그녀의 사랑의 대상이었던 나의 육체에 내가 속할 수 없다는 생각으로 고통스러웠지만, 나는 그녀를 사랑했다. 나는 육체의 쾌락에 눈멀어 그녀의 사랑이 주는 감미로움을 즐겼다. 그러나 때때로 웃어야 할지 한숨을 쉬어야 할지 몰라 불안한 듯 경련을 일으키는 축축한 그녀의 입술 사이로 바보 같은 이름, 젠제가 새어 나오면 그녀의 목을 조르고 싶은 유혹을 느꼈다.

II
공허 속에서

나는 거실에 감도는 침묵에 매료되어 다시 거실로 들어갔다. 거실 안의 모든 사물은 제자리에서 움직이지 않았다. 조금 전 디다가 앉았던 소파와 콴토르초가 푹 파묻혀 있던 긴 소파, 래커칠하고 금테를 두른 작은 책상과 의자들 및 커튼을 보고 너무나 끔찍한 공허함을 느꼈기에 나는 몸을 돌려 하인들인 디에고와 니나를 바라보았다. 그들은 여주인이 콴토르초 씨와 나가면서 그녀의 물건을 모두 트렁크에 넣어 아버지 집으로 보내라는 명령을 남겼다고 말했다. 그들은 공허한 눈으로 입을 벌린 채 놀라서 나를 주시했다.

그들의 시선이 나를 화나게 했다. 나는 소리쳤다.

"좋아, 명령에 따르도록."

그 텅 빈 공간에서 따라야 할 명령은 적어도 타인들이 해야 할 일이었다. 그 순간 그들이 나에게서 자유로워진다면 그

명령은 나를 위한 것이기도 했다.

홀로 남게 되자 이상하게도 갑자기 기분이 좋아진 나는 생각했다. '나는 자유야! 그녀는 떠났어!' 그렇지만 그것이 사실 같지가 않았다. 나의 발견이 정확한지 실험해보기 위해 그녀가 떠났을 것이라는 매우 흥미로운 인상을 받았던 것이다. 그 발견은 내게 대단히 중요하고 절대적인 것이어서 그것 때문에 아내를 잃는다 해도, 아니 오히려 그런 이유로 아무리 사소한 것일망정 그것과 관련이 없는 것이라면 다른 어떤 것도 내게는 의미가 없을 정도였다.

'그녀가 떠난 게 사실이라면!'

물론 그 실험은 끔찍했다. 그 나머지 일, 즉 나를 고리대금업자라고 생각했던 멍청한 사람들에 대한 나의 반항적인 태도처럼 아내가 콴토르초와 함께 두 발로 걸어서 나가버린 일은—그래, 가버려!—우스꽝스럽게 보일 수도 있었다.

하지만 왜 그때? 이미 난 아무것도 진지하게 생각할 수 없게 되어버렸을까? 조금 전 그렇게 광포하게 날뛰게 했던 나의 상처는?

그래. 하지만 상처는 어디 있지? 나에게?

내 몸에 손을 대고 두 손을 꽉 쥐었을 때, 그래, 그때야, 라고 '나'는 말했다. 하지만 내가 누구에게 그 말을 했지? 누구를 위해? 난 혼자였다. 이 세상을 통틀어 혼자였다. 내가 보기에도 나는 혼자였다. 순간적으로 나는 머리끝이 쭈뼛거리는 전율을 느끼며 끝없는 고독의 냉혹함과 영원성을 동시에 느꼈다.

'나'는 누구에게 말했을까? '내가' 결코 나의 것이 될 수 없던 감각과 가치를 남들을 위해 가지고 있었고 그렇게 타인들 외부에 있는 내가 어떤 한 사람을 받아들이는 것이, 곧 이런 공백 상태와 고독에 대해 느끼는 고통을 의미한다면, '나'라고 말하는 게 무슨 가치가 있었을까?

III
사태를 악화시키다

다음 날 아침 장인이 나를 만나러 왔다. 나는 타인들뿐만 아니라 나 자신 앞에서 내가 가진 조건들로부터 결론을 끌어내느라 밤새도록 헛소리를 지껄이며 무슨 상상을 했는지 먼저 말해야 할 것이다(그러나 말하지 않으리라).

모든 사물, 세수하기 위해 손을 담갔던 물뿐만 아니라 세수한 다음 사용했던 수건에 대해서도 적대감을 느끼며 고통스러워하면서도 나는 쏟아지는 졸음을 느꼈지만, 간신히 참아냈다. 그때 누가 나를 방문했다는 소리를 듣고, 고마운 바람이 내게 그랬듯이, 때때로 정신을 맑게 하는 즐거운 생각을 하며 갑자기 잠을 깼고, 마음이 가벼워지는 느낌이 들었다.

나는 수건을 던지면서 니나에게 말했다.

"좋아, 좋아. 거실에 그분을 앉게 하고, 곧 간다고 전해드려."

확신에 찬 나는 옷장의 거울을 바라보았으며, 심지어는

그 속에 있는 모스카르다에게 우리 둘은 놀랍게도 서로 통한다고 말하기 위해 한쪽 눈을 찡긋해 보이기까지 했다. 사실대로 말하자면 그 또한 그 협상을 승인하기 위해 즉시 윙크를 했다.

(당신은 거울 속에 있는 모스카르다가 바로 나였기 때문이라고 말할 것이다. 당신은 또한 아무것도 이해하지 못하겠다는 태도를 보일 것이다. 내가 아니었다. 난 그것을 확신할 수 있다. 잠시 후 방을 나오기 전, 나는 거울 속에 있는 그를 다시 보기 위해 몸을 약간 돌렸지만, 그때 그는 이미 빛나는 파란 눈에 악마 같은 미소를 띤 다른 사람이 되어 있었다. 나는 아니다. 난 이미 그를 알고 있었기 때문이다. 나는 손을 들어 그에게 인사했다. 사실대로 말하자면 그 또한 손을 들어 내게 인사했다.)

이 모든 것은 전초전에 불과했다. 코미디는 곧 나의 장인과 함께 거실에서 계속되었다.

네 사람이?

아니다.

당신은 내가 존재한 이래로 얼마나 다양한 모스카르다가 있어왔는지 보게 될 것이다. 그날 아침 나는 나를 만들어내느라 즐거운 시간을 보냈다.

IV
의사? 변호사? 교수? 국회의원?

물론 갑자기 내가 변덕을 부린 이유는 장인 때문이었다. 내가 그때까지 장인에게 부여했던 그 비천한 현실, 즉 그는 언제나 자신에 대해 만족한 멍청한 사람이라는 것 때문이었다.

장인은 의상뿐만 아니라 금발인 머리 모양이나 수염의 마지막 한 올까지 매우 신경을 쓰지만, 외모는 저속하달 순 없어도 지극히 평범했다. 장인은 그렇게 신경 쓰지 않을 수도 있었을 것이다. 빈틈없이 만들어진 그의 의상이 그의 것이 아니라 그 옷을 만든 재봉사의 것처럼 보였기 때문이다. 말끔히 정돈된 머리카락과 매끈하고 균형 잡힌 그의 손은 그가 입은 옷의 깃과 소매에 붙어 있는 살이라기보다는 이발소와 미용실의 진열장에 진열된 밀랍으로 만든 머리와 손 같았다. 그가 하는 말을 듣거나, 산호 같은 입술로 표현하는 그 모든 것 때문에 미소를 잃지 않는 축복 속에서 하늘색 유약을 바른 듯 반쯤 감은 그의 눈을 본다거나, 다시 눈을 뜬 그의 모습과 약간 찡그린 것 같은 그의 오른쪽 눈꺼풀을 보고 있노라면 그가 자신의 내면적인 만족을 그렇게 빨리 잃어버릴 수는 없을 것 같았다. 아무도 그의 그런 만족을 예측할 수 없었을 것이다. 그러나 그는 매우 기이한 인상을 주지 않을 수가 없었는데, 일부러 그러는 것 같았다. 말하자면, 그는 재봉사가 사용하는 인형이었고, 그의 머리는 이발소 유리창에 진열된 머리와 같았다.

나는 그의 그런 모습을 기대했다. 그러나 매우 혼란스

러워하고 동요하는 그의 모습을 보고는 놀라지 않을 수가 없었다. 갑자기 기묘한 모험을 하고 싶은 욕구가 치밀었다. 그런 모험을 하면, 어떤 사람은 자신에게 한 발자국도 움직이지 말라고 명령한 뒤, 무장한 채 자신을 위협하는 적을 향해 미소를 지으며 자신을 무장해제한다.

나는 다시 변덕스러운 마음이 생겨 도전적인 미소를 지었으며, 계속하길 원했던 위험한 놀이는 잊어버렸다. 그러나 거기 있는 그 사람과 다른 사람들을 위한 중대한 이익이 손해를 입게 되었다. 은행의 운명과 가족의 운명도 마찬가지였다. 이미 알고 있던 그 끔찍한 일, 즉 콴토르초를 놀라게 하고 아내를 포복절도하게 했던 그 믿을 수 없는 **순진함**을 가지고 내가 서둘러 하려던 대화 때문에 이전뿐만 아니라 이후에도 난 미친 사람처럼 보였을 것이다.

사실 현재의 내가 보기에도 그때 내가 사물을 철저하게 관찰했더라면, 내가 가지고 싶어 했던 의식은 타당한 구실이 될 수가 없었을 것이다. 결단코 할 생각이 없었던 고리대금업에 대해 나는 진지하게 가책을 느끼고 있었을까? 그래, 의례적으로 은행의 서류에 서명했고, 그 순간까지 은행에서 얻은 이자로 살았지만, 그것에 대해서는 결코 생각해본 적이 없었다. 마침내 그것에 대해 생각하게 되었으니, 나는 이제 돈을 은행에서 인출할 것이고 나의 모든 것을 제자리에 두기 위해 자선사업이나 그 비슷한 일을 하여, 생각으로부터 자유로워질 것이다.

"세상에! 자넨 이 모든 일이 아무것도 아닌 것 같나? 하느님! 그렇다면 그것이 사실인가?"

"사실이라니, 무엇 말입니까?"

"자네가 미쳤다니! 자넨 내 딸과 무엇을 하고 싶은가? 어떻게 살고 싶나? 무엇으로?"

"그렇습니다. 그것은 매우 중요한 일 같군요. 연구해볼만 합니다."

"영원히 파산하고 싶나? 세상이 시작될 때부터 사람들은 모두 각자 자기의 일을 해왔네."

"좋아요. 저도 앞으로 제 일을 할 겁니다."

"자네 아버지가 수십 년 동안 번 돈을 날려버린다면 어떻게 자네 일을 하겠나?"

"저는 대학을 육 년 동안 다녔습니다."

"아! 자넨 대학으로 돌아가고 싶나?"

"그럴 수도 있죠."

장인은 자리에서 일어서려고 했다. 나는 그를 만류하며 물었다.

"죄송합니다. 은행을 청산하기 전에 시간이 있죠?"

그는 두 팔을 벌리고 펄펄 뛰며 일어났다.

"청산이라니! 청산이라니! 청산이라니!"

"제 말을 듣고 싶지 않으시다면……"

장인은 갑자기 몸을 돌렸다.

"무슨 말을 듣는단 말인가! 자넨 헛소리를 하고 있어!"

"전 매우 평온합니다." 난 장인에게 주목하도록 했다. "전 좋은 점수를 받은 교과목도 많고 중도에 포기한 과목도 있습니다."

장인은 어리둥절한 얼굴로 나를 보았다.

"교과목이라니? 무슨 말인가?"

"이른 시일 안에 의학박사 학위나 철학·문학박사 학위를 딸 수도 있다는 거죠."

"자네가?"

"못 믿으시겠습니까? 그러시겠죠. 전 의과대학도 다녔습니다. 삼 년 동안. 재미있었죠. 디다에게 그녀의 젠제를 어떻게 판단할 것인지 물어보세요. 의사나 교수라면, 간단히 말해, 원한다면 전 변호사도 될 수 있습니다."

장인은 격하게 몸을 흔들었다.

"하지만 자네가 아무 일도 하고 싶지 않다면!"

"그렇죠. 그러나 그것은 경솔해서 그런 것이 아닙니다. 오히려 그 반대죠. 전 생각을 너무 많이 했습니다. 어떤 일이든 일에 너무 몰두하면 아무것도 이루지 못하는 법이죠! 경솔한 말이지만 전 의사나 변호사, 디다가 원한다면 교수도 될 수 있다는 말입니다. 시작하기만 하면 됩니다."

내 말을 듣던 장인은 화가 나서 나가버렸다. 아니, 갑자기 폭발해버렸다. 나는 그를 뒤쫓으며 소리쳤다.

"안 돼요. 들어보세요. 제가 아버지 돈을 날려버리면 얼마나 인기를 누리겠어요? 사람들은 저를 국회의원으로 선출할 겁니다. 생각해보세요! 디다도 원한다면 말입니다. 국회의원 사위. 저를 이해하지 못하십니까? 이해하지 못하시겠어요?

그는 이미 멀리 가버렸고, 내가 말할 때마다 이렇게 외쳐

댔다.

"미쳤군! 미쳤어! 미쳤다고!"

V
나는 말한다, 그러나 왜?

내 목소리가 그 망할 놈의 변덕 때문에 농담 투였다는 것을 난 부정하진 않겠다. 내 말투가 경박해 보일 수도 있었을 것이다. 그것 또한 나는 알고 있다. 그러나 의사나 변호사, 혹은 교수, 심지어는 상원의원이 된 젠제에 대한 제안을 내가 비웃을 수 있는 것이었다면, 장인은 수많은 중산층 사람들의 평범하고 고귀한 직업에 대해 일반적으로 느끼는 존경심과 경의 정도는 적어도 품었을 텐데, 난 중류층 사람들과 경쟁하기 힘든 사람이었을 것이다.

이유는 다른 데 있었고, 나도 그것을 잘 알고 있다. 장인도 **나를 이해하지 못했다.** 내 생각과는 정말로 다른 이유 때문이었다.

장인은 내가 자신의 사위를(나에게서 보았던 그분의 젠제가 어떤 모습인지 누가 알겠는가) 그때까지 살았던 조건에서 벗어나게 하는 걸 인정할 수가 없었다. 그분과 그분의 딸 입장에서는, 젠제가 은행의 모든 주주들이 주었던 편안하고 안락한 꼭두각시의 삶에서 벗어나는 것을 받아들일 수가 없었던 것이다.

나는 선량하면서도 포악한 젠제라는 청년을, 그가 경영하지 않는 은행의 고리대금업을 생각하지 않은 채 살아가도록 내버려 두어야 했다.

그러므로 당신에게 맹세컨대 나는, 나의 불쌍한 인형을 곤혹스럽게 하지 않기 위해 그를 그대로 내버려두었을 것이다. 아내의 남편을 나 또한 좋아했다. 타인들에게 그를 그렇게 내버려두면서 나는 나대로 다른 육체와 이름을 가지고 다른 곳으로 떠날 수만 있다면 나를 사랑했던 많은 사람들에게 심각한 혼란을 주지 않기 위해 그를 그대로 내버려두었을 것이다.

VI
웃음을 참으면서

내일 새로운 삶의 조건을 만들어 남들에게 내가 의사나 변호사 혹은 교수로 비친다면 나는 모두를 위한 어떤 한 사람도, 그런 직업에 걸맞는 옷을 입고 행동하는 나 자신도 결코 찾을 수 없으리라는 사실을 알고 있었다.

나는 이미 어떤 형태로든 감옥에 감금되어 느끼는 공포감을 알고 있었다.

그럼에도 불구하고 나는 장인을 조롱하기 위해 내가 했던 제안을 밤중에 나에게 진지하게 제시했다. 그리고는 변호사나 의사, 혹은 교수가 된 나의 모습을 생각하면서 터져 나오는 웃음을 참았다. 내가 원했던 대로 디다가 내게로 돌아와서 새로운 젠제와 함께 그녀의 새 생활을 최선을 다해 보살펴야 하는 의무를 내게 부여했다면 나는 어떤 것이든 그런 직업들 중 하나를 선택해야 했을 것이다.

그러나 나는 화가 나서 떠나버린 장인을 보니 디다에게도 새로운 젠제란 있을 수 없다는 것을 추측할 수 있었다. 예전의 젠제가 그렇게 **하찮은 일로** 그때까지 행복하게 살았던 삶의 조건에서 순식간에 벗어나기를 원했다면, 그는 치료법도 없는 자신의 미친 모습을 그녀에게 보여주었을 텐데.

나는 그녀처럼 생긴 여자가 나와 함께 그렇게 **하찮은 일로** 미치길 바랄 정도로 정말 미치고 싶었다.

일곱 번째 책

I

복잡한 일

다음 날 아침 나는 안나 로사의 집에 초대되었다. 그녀는 아내의 친구였는데, 앞에서 나는 지나가는 말로 그녀의 이름을 한두 번 언급한 바 있다.

나는 디다와 화해하기 위해 누군가 개입해주기를 원했다. 그러나 내가 생각했던 중개자는 나의 장인이나 은행의 다른 주주 중의 한 명이었지, 그보다 직접적이라 할 수 있는 아내의 친구는 아니었다. 제거해야 할 유일한 장애물은 은행을 청산하려는 나의 생각이었기 때문이다. 아내와 나 사이엔 아무 일도 일어나지 않았다. 나는 아내를 흔들어 거실 소파에 내던진 무례한 행동에 대해 진심으로 뉘우치고 있다는 말을 안나 로사에게 내뱉기만 하면 되었다. 그러면 즉시 화해가 이루어질 것이었다.

아내가 집으로 돌아오는 조건으로 내가 그 생각을 포기하도록 안나 로사가 나선다는 것이 나는 납득이 되지 않았다.

디다에게 들은 바로는 그녀는 돈을 경멸했기 때문에 이른바 실리적인 결혼을 거부했으며 현명한 사람들을 비난했다. 그녀는 디다도 비난했는데, 내가(고리대금업자의 아들로서의 나를 말하고 싶다) 디다와 결혼했을 때, 그녀의 친구들은 결국 디다가 '실리적인' 결혼을 했다고 생각했다.

지켜야만 했던 이런 '이익' 때문에 안나 로사는 적당한 변호사가 될 수 없었다.

차라리 그 반대가 납득할 만한 일이었다. 즉 디다는 도움을 청하기 위해 그녀에게 달려갔을 것이다. 장인은 내가 은행을 청산하겠다는 생각을 포기하지 않는다면 자신이 다른 주주들과 합의할 테니 디다에게 집에 있으라고 만류했을 것이고, 장인이 내게 돌아가지 못하게 했다는 사실을 알리기 위해 그녀는 친구에게 갔을 것이다. 그러나 나는 아내를 잘 알고 있었으므로, 이것 또한 납득할 만한 것이 못 되었다.

II
첫 번째 경고

나는 안나 로사를 잘 알지 못했다. 몇 번 우리 집에 온 그녀를 본 적은 있었지만, 일부러라기보다는 본능적으로 나는 아내의 친구들과 거리를 유지하고 있었으므로, 그녀와 몇 마디 대화를 나눠본 적도 없었다. 그녀가 나를 잠시 쳐다보는 동안 약간 미소 짓는 것을 우연히 보고 놀란 적이 있었는데, 그녀는 멍청한 내 모습을 보고 웃는 듯했다. 내 아내 디다의 젠제를 보고 그녀는 내가 자신과 대화를 나눌 마음이 조금도 없다는 생각을 했을 것이다.

나는 그녀의 집에 가본 적이 없었다.

고아였던 그녀는 높은 담에 압도당할 듯한 대 수도원의 집에서 늙은 고모와 살았다. 수도원은 오래된 성벽으로 둘러싸여 있었고, 해 질 무렵이면 휘어진 창살이 달린 창문으로 아직도 그곳에 살고 있는 몇 안 되는 늙은 수녀들이 보였다. 그들 중 가장 젊은 수녀가 있었는데, 그 수녀가 바로 안나 로사의 고모였다. 그녀는 반미치광이었다. 그렇지만 수도원에 여자를 감금시켜 미치게 만들기는 쉽다. 산 빈첸초 수도원에서 삼 년 동안 기숙사 생활을 해봤던 아내는 젊은 수녀나 늙은 수녀나 모두 각자 나름대로 반쯤은 미쳐 있다고 했다.

안나 로사는 집에 없었다. 내게 초대장을 주러 왔던 늙은 하녀는 문을 열지 않고 문구멍을 통해 주인이 수도원에 있는 고모를 만나러 올라갔다고 불가사의하게 말했다. 그리고는 문지기 수녀에게 말해 첼레스티나 수녀가 있는 면회실로 안내해 달라고 부탁해서 안나 로사를 만나라고 했다.

이 모든 불가사의한 일로 나는 아연실색했다. 처음에는 자꾸만 커져가는 호기심에도 불구하고 가지 않으려고 했다. 놀란 상황이긴 했지만 나는 먼저 저 위 수도원의 수녀 면접실에서 갖는 그 이상한 만남에 대해 생각할 필요를 느꼈다.

불행한 나의 결혼 생활과 이번 초대는 관계가 없는 듯했다. 나는 곧 예기치 못할 복잡한 일이 내 인생에 뭔지 모를 영향을 줄 것 같은 생각이 들었다. 리키에리에 사는 모든 사람이 알고 있듯이, 나는 죽을 뻔했다. 그러나 지금은 판사들 앞에서 내가 했던 말을 다시 반복하고 싶다. 그때 했던 나의 선서가 안나 로사를 구하고 그녀의 모든 죄를 사면해주기 위한 것이었다는 의심을 모든 사람의 마음속에서 지워버리기 위해서였다. 그녀는 어떤 잘못도 저지르지 않았다. 그때까지 나의 고통스러운 생각의 원인은 바로 나 자신이었다. 내가 원하지도 않았는데, 스스로 몸을 맡기게 된 그 예기치 않은 모험이 그런 결과를 초래할 위험이 있었던 것이다.

III
꽃다발 사이에 든 연발 권총

부패한 쓰레기로 악취가 풍기는 리키에리의 오래된 급경사 중의 하나를 통해 수도원으로 올라갔다.

어떤 방식으로든 삶을 살아가는 습관을 갖게 될 때, 익숙하지 않은 장소에 가면서 뭔가 불가사의한 일이 벌어질지도 모른다고 의심하게 되듯, 그곳을 걷고 있는 우리에게 우리의 정신이 멀리 떨어져 있어야만 한다는 걸 침묵하며 깨닫는 것은 끝없는 고통이다. 우리가 우리 자신 속으로 들어갈 수만 있다면 우리의 인생은 아무도 모를 새로운 느낌으로 펼쳐져서, 우리가 다른 세상에 사는 것처럼 보일 것이기 때문이다.

옛날에 키아라몬테 가(家)의 저택이었던 그 수도원에는 온통 벌레 먹은 대문과 가운데 우물이 있는 넓은 뜰이 있었다. 닳아빠진 계단은 어두웠고, 오를 때마다 삐걱대는 소리를 냈으며 동굴처럼 한기를 내뿜었다. 넓고 기다란 복도 옆 양쪽 벽에는 많은 방들이 있었고 움푹 꺼진 바닥의 붉은 벽돌들은, 침묵하는 하늘을 향해 열린 커다란 창문을 통해 들어온 햇빛을 받아 반짝였다. 수도원은 많은 이야기와 다양한 삶의 모습을 스스로 받아들였고, 그것들이 지나가는 모습을 지켜보았다. 그리고 이제 수도원은 고립된 채 방황하는 몇 안 되는 수녀들의 둔탁한 고뇌 속에서, 자기 자신에 대해 아무것도 알지 못하는 듯했다. 그 안에 있던 모든 것은 차례차례 죽음을 기다리는 마지막 남은 수녀들 속에 잊히는 것 같았다. 오래 전 남작의 성으로 건축되었다는 동기도 잃어버린 채, 수많은 세월이 흐르는 동안 그 저택은 수도원이 되었다.

문지기 수녀는 복도에 있는 방문 중 하나를 열더니, 나를 면회실로 안내했다. 이미 서글픈 종소리가 밑으로 울려 퍼졌다. 아마 첼레스티나 수녀를 부르기 위해서일 것이다.

면회실이 너무 어두워, 문을 열 때 들어온 햇빛으로 겨우 보인 쇠창살 외에는 아무것도 분간할 수 없을 정도였다. 나는 서서 기다렸다. 채소밭에 있는 안나 로사가 곧 올라올 거라며 창살 뒤에서 나보고 앉으라고 했던 작은 목소리가 없었다면 내가 그곳에 얼마나 서 있었을지 누가 알겠는가?

어둠속 창살 뒤에서 예기치 않았던 어떤 목소리가 준 인상을 나는 말하지 않겠다. 어디에 있는지는 몰라도 푸르디푸른 채소가 많이 있을 수도원 채소밭에서나 있음직한 햇빛이 어둠 속을 비췄다. 갑자기 나는 채소밭 한가운데 있는 안나 로사의 모습이 떠올랐는데, 그렇게 자비와 교활함이 한데 섞인 듯한 그런 모습을 결코 본 적이 없었다. 그것은 섬광이었다. 다시 어두워졌다. 아니 어두워졌다는 표현은 옳지 않을 것이다. 쇠창살과 그 앞에 있던 작은 책상, 의자 두 개를 분간할 수 있었기 때문이다. 창살 안에는 침묵이 감돌았다. 나는 그곳에서 내게 말했던 작지만 신선한 매우 젊은 목소리를 찾았다. 아무도 없었다. 어떤 노파의 목소리였는지도 모른다.

안나 로사와 그 목소리, 면회실, 어둠 속에 비친 햇빛, 푸른 채소밭이 내 눈앞에서 빙글거리며 맴도는 것 같았다.

잠시 후 안나 로사가 황급히 문을 열고 복도로 나를 불러냈다. 그녀의 얼굴은 온통 홍조를 띠고 있었고, 머리는 헝클어져 있었으며, 두 눈은 광채를 발하고 있었다. 그녀는 흰색 모직 셔츠를 입고 있었는데, 더워서인지 가슴 윗단추를 풀어놓은 상태였다. 두 손에는 꽃을 한아름 안고 있었고 어깨에는 담쟁이덩굴을 걸치고 있었는데, 덩굴은 뒤에서도 흔들렸다. 그녀는 나보고 따라오라면서 복도를 뛰어가 창문 아래에 있는 작은 계단을 올라갔다. 계단을 오르던 그녀는 때마침 떨어지려고 하는 꽃을 한 손으로 잡으려다 다른 손에 들고 있던 손가방을 계단 밑으로 떨어뜨렸다. 그러나 곧 커다란 비명 소리와 함께 요란한 소리가 복도 전체에 울려퍼졌다.

나는 겨우 안나 로사를 잡았고, 그녀는 내 몸 위로 떨어졌다. 너무 놀라 조금 전 일어났던 일을 생각해보기도 전에, 놀라서 다가오는 일곱 명의 늙은 수녀들을 보았다. 복도에 울린 총소리 때문에 뛰어나와 상처를 입은 안나 로사를 안고 있는 나를 보았음에도 불구하고 그들은 다른 일로 당황하고 있었다. 처음엔 나도 그것이 무엇인지 알 수 없었다. 내가 그녀를 눕힐 침대를 큰 소리로 요구했다고 해서 그들이 당황한 것 같지는 않았다. 그들은 대답했다. "추기경님이 오고 계십니다." 안나 로사는 그녀대로 내 팔에 안겨 소리쳤다. "권총을! 권총을!" 그녀는 가방에 들어 있던 권총을 내게 요구했다. 그것은 그녀 아버지의 유품이었다.

나는 떨어진 가방 속에 권총이 들어 있었고 그것이 발포되어 그녀의 다리에 상처를 입혔다는 것을 곧 알게 되었다. 그러나 수도원에서 만나자고 내게 제안했던 그날 아침 그녀가 권총을 몸에 지닌 이유를 나는 알 수가 없었다. 너무 이상했지만, 그때는 그녀가 나를 위해 그것을 가져왔으리라는 생각을 결코 하지 못했다.

나는 놀라지는 않았지만, 아무도 상처 치료를 도와주지 않았기에 그녀를 업고 수도원 밖으로 나와 그녀의 집이 있는 골목으로 내려갔다.

조금 후 나는 창문 밑 복도에 있는 권총을 회수하기 위해 다시 수도원으로 올라갔다. 그것은 나중에 내게 유용한 물건이 될 것이다.

IV
설명

　대수도원에서 일어난 이상한 사건과 상처 입은 안나 로사를 두 팔로 안고 황급히 그곳을 나왔던 나에 대한 소문이 순식간에 리키에리에 퍼졌다. 사람들은 악담을 늘어놓았지만, 그 말들은 너무 불합리해서 우스꽝스럽게 보일 지경이었다. 그들의 악담이 그럴듯하게 보일 수도 있을 뿐만 아니라 그런 악담을 유포하고 조장했던 사람들과 상처를 입어 내 팔로 안았던 안나 로사까지도 그것이 사실이라고 여길 수도 있다는 걸 나는 생각지 못했다.
　바로 그랬다.
　젠제, 즉 내 아내의 멍청한 젠제는 안나 로사에게 불현듯 동정을 느꼈는데, 내가 아무것도 모르고 있었기 때문이다. 디다는 그것을 의도했고, 이미 그 사실을 알고 있었다. 디다는 젠제에게 결코 그 얘기를 한 적이 없었다. 그러나 웃으면서 친구에게 그를 맡겼는데, 그것은 친구를 기쁘게 하기 위해서였으며, 또한 아내 스스로 속셈이 있다는 것을 친구에게 알릴 심사이기도 했다. 그 속셈이란, 안나 로사가 방문했을 때, 젠제가 그녀와 사랑에 빠질까 두려워 그녀를 피하는지 알고자 하는 것이었다.
　나에게는 안나 로사에 대한 젠제의 그런 동정을 부정할 어떤 권리도 없다는 걸 알았다. 나는 정말 그런 동정을 느끼지 않았다고 주장할 수 있다. 그러나 이것도 옳은 말은 아니리라.

실제로 나는 내가 아내의 친구에게 혐오감을 느끼는지 호감을 느끼는지 알려고 하지도 않았기 때문이다.

나는 젠제의 현실이 내가 아니라 그 현실을 그에게 부여한 나의 아내 디다에게 속한다는 것을 충분히 보여준 것 같다.

그러니 젠제가 은밀한 동정을 느꼈다고 디다가 생각했다 해도, 그 동정이 내 입장에서 사실이 아닌 건 중요하지 않았다. 디다에게는 그것이 사실이었고, 그녀는 젠제가 안나 로사로부터 멀어지려고 했던 이유를 발견한 것이다. 그것은 안나에게도 사실이었다. 그녀는 내가 민첩하게 돌리곤 했던 눈초리가 뭔가 그 이상을 의미한다고 생각했다. 그것 때문에 나는 디다가 상상하곤 했던 그 귀여운 멍청이 젠제가 아니라, 어떤 고통인지는 아무도 모르겠지만 바로 아내에게 그렇게 평가를 받고 사랑을 받아야 한다는 사실 때문에 고통스러워했을 정말로 불쌍한 젠제 씨였던 것이다.

잘 생각해본다면 당신들은, 이것이 남들이 우리에게 부여하는 의심할 수 없는 수많은 현실에서 생길 수 있는 최소한의 일이라는 걸 알 수 있기 때문이다. 표면적으로 우리는 그런 현실을 거짓된 가설이나 잘못된 판단, 근거 없는 생각이라고 말하기 쉽다. 그러나 우리에 대해 상상할 수 있는 그 모든 것은, 그것이 우리에게는 진실이 아닐지라도, 실제로는 가능할 수 있다. 우리에겐 진실이 아니지만, 남들은 그것을 보고 웃는다. 그들에겐 진실인 것이다. 당신들이 나름대로 부여했던 현실을 따르지 않는다면, 남들은 그들이 당신들에게 부여한 현실이 당신들 자신의 현실보다 더 참되다고 생각하게끔 당신들을 유도할 수도 있다. 오로지 나만이 그런 경험을 할 수 있다.

그러므로 나는 아무것도 모른 채 안나 로사를 사랑하고 있었으며, 바로 이런 이유 때문에 내가 결코 상상할 수도 없었던, 수도원에서의 총성 사건에 휘말리게 되었다.

안나 로사를 집으로 데려가 침대에 눕힌 다음 그녀를 치료하기 위해 의사와 간호사를 부르러 달려갔다. 응급 치료를 하고 나자, 나는 곧 그녀가 디다와 교우관계를 유지하면서도 나에 대해 상상해왔던 것을 알게 되었다. 그녀는 내게 호감을 느끼고 있었다. 독한 약품 냄새가 풍기는 그녀의 작은 방에 바른 장밋빛 벽지에 친근감을 느끼며 그녀의 침대 옆에 앉아 나는 그 모든 설명을 들을 수 있었다. 우선, 사고의 원인인 가방 안에 있던 연발 권총에 대한 설명을 들을 수 있었다.

수도원에서 나와 만날 때, 누군가는 그녀가 나를 위해 그것을 가져왔으리라 추측할 수 있다고 상상하니 속으로 웃음이 나오는군!

그녀는 육 년 전 갑자기 돌아가신 아버지의 조끼 주머니에서 그것을 발견한 후, 계속 그것을 손가방 안에 넣고 다녔다. 손잡이가 진주로 박혀 있어, 천연색을 내며 반짝이는 아주 작은 권총이 그녀에게는 장난감처럼 보였다. 게다가 그 우아한 기계 장치가 속에 죽음을 줄 수 있는 능력을 품고 있었기에 더욱 사랑스러워 보였다. 그녀가 내게 털어놓기를, 주변의 세상이 영혼의 기이한 공포감 때문에 놀랍고 허무해지는 순간이 가끔 있는데, 그때마다 그것을 가지고 놀면서 철과 매끈한 손잡이에 닿는 감촉의 쾌락을 느끼며, 그것을 사용하고픈 유혹을 느꼈다고 했다. 그러나 이제는 그녀의 의지대로 관자놀이나 심장이 아니라 우연히라도 그녀의 발을 **썩게 만들어서** 사람들이 두려워하는 절름발이가 될 수 있다고 생각하니 그녀는 아주 이상한 불쾌감을 맛보았다. 그녀는 그 총이 자신에게 잘 어울린다고 생각했지만, 그것이 스스로 그런 능력을 가지고 있다고는 생각하지 않았던 것이다. 이제는 그것의 **불길한** 면을 보았던 것이다.

그녀는 침대 옆 작은 책상 서랍에서 그것을 꺼내 주시하다가 말했다.

"불길해!"

그런데 왜 대수도원의 수녀 고모의 면회실에서 나를 만나자고 했을까? 그리고 그녀가 다쳤다는 생각은 않고 나도 모를 어떤 추기경의 방문에 대해 괴롭게 말했던 그 일곱 명의 수녀는?

나는 이 미스터리에 대한 설명도 들었다.

그녀는 그날 아침 리키에리의 주교 파르트나 추기경이 달마다 그랬듯이 대수도원의 늙은 수녀들을 방문하러 올 것임을 알고 있었다. 늙은 수녀들은 그의 방문을 하늘의 축복처럼 생각했다. 그러니 추기경이 그 사고를 본다는 게 그들에겐 매우 심각한 고민이었을 것이다. 그녀가 나를 수도원으로 올라오게 한 것은 그날 아침 내가 주교와 대화를 나누기를 바랐기 때문이다.

"제가 주교님과요? 왜요?"

나에 대해 모의하던 음모를 미리 방지하기 위해서란다.

사람들이 나를 정신이상자로 고발하여, 나의 권리를 박탈하려고 했다는 것이다. 다다가 그녀에게 알려주기를, 피르보, 콴토르초, 장인과 아내는 이미 내가 정신이상임을 보여주기 위한 모든 증거를 수집했다는 것이다. 많은 사람이 증인이 될 준비가 되어 있었다. 피르보에 대항하여 내가 변호를 해주었던 투롤라뿐만 아니라 은행의 모든 사원과 내가 집을 선물했던 마르코 디 디오까지도.

"그렇지만 집을 잃을 텐데." 나는 안나 로사가 유심히 나를 쳐다보는 걸 참을 수가 없었다. "내가 정신이상이라고 밝혀지면, 그런 기부 행위는 헛된 것이 될 텐데!"

안나 로사는 나의 단순함 때문에 갑자기 웃음을 터뜨렸다. 그들이 원하는 대로 증언해주면 집을 뺏지 않겠다고 마르코 디 디오에게 약속했을 것이란다. 게다가 그는 양심 때문에라도 그것을 증언할 수 있었다.

나는 웃고 있는 안나 로사를 불안한 눈빛으로 쳐다보았다. 그녀는 그것을 눈치채고 소리쳤다.

"그래요. 미친 짓이에요! 미친 짓이야! 미쳤어요!"

그러나 그녀는 그 상황을 즐겼고 또한 그것을 인정했다. 그리고 나는 그런 미친 행동을 통해 진정 가장 위대한 미친 짓을 해보고 싶었다. 다시 말해 은행을 엉망으로 만들고, 항상 나의 적이었던 한 여자를 나에게서 멀어지게 하고 싶었다.

"디다를요?"

"안 믿어요?"

"그래요. 지금은 적이죠."

"아니, 항상 적이죠! 항상!"

그녀는 내가 아내가 상상하는 멍청이는 아니란 사실을 아내에게 이해시키려 했다고 말했다. 오랜 말다툼을 하면서 나의 많은 행동이나 말에서 오로지 적대적인 영혼만이 볼 수 있는 사악함이나 멍청함을 보고 싶어 했던 아내를 자제시키기 위해 노력했다는 것이다.

나는 깜짝 놀랐다. 나는 갑자기 안나 로사의 그런 신뢰감을 통해 내가 생각했던 것과 너무 다른 진정한 디다를 보았으며—특히 그 순간에—그런 나의 발견에 공포감을 느꼈다. 그녀가 그렇게 말하리라고는 결코 상상한 적이 없었던 만큼 나에 대해 말했던 한 사람의 디다는 내 육체의 적이기도 했다. 우리의 친밀한 관계에 대한 모든 기억이 분리되었고, 또 그렇게 파렴치하게 배신당했으므로, 그것을 인정하기 위해 나는 처음에 못 느꼈던 비웃음을 짜증스럽게 극복하여, 처음엔 느껴야 할 것 같지 않았던 부끄러움을 느껴야 했다. 발가벗기로 결심하고 보니, 돌연 문을 활짝 열어젖히고, 그렇게 벗은 나의 모습을 보러 오는 사람이라면 누구나 나를 조롱할 것 같았다. 나는 나의 가족에 대한 평가와 자연스러운 습관에 대한 그녀의 판단을 결코 예측해본 적이 없었다. 요컨대 그녀는 또 다른 디다, 즉 진정 적대적인 디다였던 것이다.

그러나 나는 그녀가 그녀의 젠제와 함께 있을 때는 꾸미지 않았음을 확신한다. 그녀는 젠제와 함께 있으면 그에게 완벽하게 진실할 수 있었다. 그와 함께할 수 있는 삶 밖에서 그녀는 또 다른 디다가 되었다. 다시 말해 그녀는 그녀에게 적합하거나 그녀가 좋아했던, 아니면 정말로 안나 로사를 위해 존재한다고 느꼈던 그런 다른 디다였던 것이다.

난 무엇 때문에 놀랐던 것일까? 그녀가 그를 만들었던 대로 그렇게 그녀의 젠제를 위해 모두 그녀에게 맡기고, 나는 나대로 또 다른 사람이 될 수 없었을까?

그가 모든 사람에게 속한 만큼 그는 나에게도 속했다.

나는 안나 로사에게 내 발견의 비밀을 말하지 않았어야 했다. 그렇게 갑자기 내 아내에 관해 알려주었기 때문에 나는 그녀의 유혹에 넘어갔다. 내가 한 말이 정신적으로 그녀에게 혼란을 가져다주고, 심지어는 내가 저질렀던 광기를 그녀도 저지르게 될 줄은 상상도 못했다.

우선 추기경을 방문한 것부터 말하겠다. 그녀는 더는 지체해서는 안 되는 일처럼 배려를 아끼지 않으며 나를 그에게로 몰아붙였다.

V
내면의 신과 외부의 신

아내의 어린 강아지 비비를 데리고 산책을 할 때 리키에리의 교회들은 내게 절망감을 주었다.

비비는 막무가내로 교회에 들어가려 했다.

내가 소리치면 엉덩방아를 찧으면서 뒤로 넘어졌다가 다시 일어나서는 앞다리를 흔들었다. 그리고 한쪽 귀를 쫑긋 세우고 재채기를 했으며, 자기처럼 귀여운 강아지가 교회에 들어갈 수 없다는 것을 믿기 어렵다는 듯 다른 한쪽 귀를 내리고 나를 쳐다보았다. 만약 아무도 없었다면!

"아무도? 하지만 어떻게 아무도 없겠니, 비비?" 나는 말했다. "그곳엔 가장 존경할 만한 인간의 감정이 있어. 넌 이 사실을 이해할 수 없을 거야. 넌 다행히도 인간이 아니라 강아지이기 때문이야. 인간들은 그들의 감정에게도 집을 만들어줘야 한단다. 그들에겐 마음속으로만 그 감정을 가지는 것으로는 충분하지 않아. 그들은 그들의 감정을 밖에서도 보고 만지고 싶어서 집을 지었단다."

나는 지금까지 신에 대한 감정을 내 방식대로 마음속에 지니는 걸로 충분했다. 남들이 가지고 있는 감정을 존중하기 위해 나는 항상 비비가 교회에 들어가지 못하게 했다. 그러나 나는 그 일과 아무 관련이 없었다. 나는 나의 감정을 가지고 있었으며, 타인들이 지은 집에 가서 무릎을 꿇기보다는 두 다리로 서서 나의 감정을 따르려고 노력했다.

리키에리 사람들이 나를 고리대금업자로 생각하는 게 싫다는 내 말을 듣고 아내가 웃었을 때, 내 안에서 상처를 받았다고 느낀 그 **생생한 순간**에는 틀림없이 신이 있었다. 내 안에서 상처를 받았다고 느꼈던 신, 리키에리에 사는 사람들이 나를 두고 고리대금업자라 칭하는 것을 더는 참을 수 없었던 하느님.

그러나 내가 콴토르초나 피르보, 은행의 사원들에게 그렇게 말한다면 그들에게 내가 미쳤다는 또 다른 증거를 주는 셈

일 것이다.

반대로 내면의 하느님, 모두에게 미친 것처럼 보이는 이 하느님이 최대한 회개하는 마음으로 매우 현명한 외부의 하느님에게 가서 도움과 보호를 요청할 필요가 있다. 그 하느님은 집과 충실하고 열광적인 하인들이 있을 뿐만 아니라, 사랑하게 하고 두려워하게 하기 위해 현명하고 장엄하게 세상에 만들어진 모든 권세를 누리고 있었다.

이 하느님에겐 피르보나 콴토르초가 미쳤다고 할 위험이 없었다.

VI
불편한 어떤 주교

그러므로 나는 파르타나 추기경님을 만나러 주교 관저에 갔다.

리키에리 사람들은 그가 로마의 권세 있는 고위 성직자들의 요청을 받아 힘든 성무 때문에 주교로 임명되었다고 한다. 몇 년 전부터 주교구의 책임자였으면서도, 동정을 얻지 못했을 뿐만 아니라 누구의 신임도 얻지 못했던 것을 보면 그 말은 사실이다.

리키에리에서는 그의 전임자였던 고(故) 비발디 추기경의 넓은 관대함과 친절하고 유쾌한 태도, 그리고 화려함에 익숙해 있었다. 그러므로 사람들은 이 새로 온 추기경이 비서 두

명을 동행하고, 커다란 망토에 비쩍 마른 몸을 감싼 채 추기경 저택에서 걸어 내려오는 것을 처음 보았을 때 가슴을 졸였다.

주교가 걸어서?

주교 관저는 어두운 요새처럼 도시 맨 꼭대기에 있었으므로, 주교들은 모두 깃털과 붉은 깃발을 양쪽에 붙인 아름다운 마차를 타고 내려왔다.

파르타나 추기경은 취임할 때, 주교란 일에 관한 이름이지 명칭 명예에 관한 이름은 아니라고 말했다. 그리고 그는 마차를 거부했으며, 리키에리 교구가 이탈리아의 가장 부유한 교구 중의 하나였음에도 더 절약할 것을 주장했다. 그의 전임자는 주교의 교구 방문도 매우 소홀히 했지만, 그는 법규집에 명시한 때에 매우 성의 있게 방문했다. 걷기에는 길이 매우 험하고 교통수단 또한 마땅찮을 때에는 빌린 마차나 당나귀 혹은 노새를 탔다.

안나 로사에게 들은 바로는, 대수도원의 늙은 수녀들을 제외하고는 도시에 있는 다른 다섯 수도원의 수녀들은 모두 그를 증오했는데, 그 이유인즉 그가 취임하자마자 그들에게 발표한 잔인한 규정 때문이었다. 다시 말해 그들은 더 이상 과자나 로졸리오,* 즉 은실로 장식한 맛있는 아몬드 과자와 사과 과자, 약초와 계피향 나는 맛있는 로졸리오를 만들 수도 팔 수도 없게 되었던 것이다! 그리고 성직자의 의상과 성물에 장식을 할 수도 없었다. 결국 그들은 사적으로 고해 신부를 가질 수

---

* 물, 알코올, 설탕을 같은 비율로 섞어 만든 술.

없었고, 모두 차별 없이 수도원의 신부에게 고해해야 했다. 그는 또한 모든 교회의 주교좌 참사 회원 및 성직록을 받은 사제들에게도 더욱 엄격한 규정을 내렸는데, 이는 모든 성직자가 자신의 의무를 엄격히 준수하도록 하기 위해서였다.

하느님에 대한 감정을 외부로 표출하길 원하여 용서를 더 많이 구해야 했을 만큼 그분께 아름다운 집을 만들어드렸던 모든 사람에게 그는 그렇게 불편한 주교였다. 그러나 그분은 내가 바랄 수 있는 최고로 좋은 분이셨다. 그는 나뿐만 아니라 피르보와 콴토르초, 그리고 다른 모든 사람까지를 만족시키기 위해 은행과 양심을 구하며 모든 일을 타협할 방법과 수단을 틀림없이 손쉽게 찾으리라.

그때 나는 나 자신뿐만 아니라 그 누구와도 타협할 수 없다고 생각했다.

VII
추기경과의 대화

파르타나 추기경은 주교 관저에 있던 오래된 서기국의 넓은 거실에서 나를 맞았다.

아프레스코화가 그려져 있었지만, 아무것도 알아볼 수 없을 만큼 먼지로 뒤덮인 어두운 천장에서 풍겨오던 그 방의 냄새가 지금도 코끝에 어른거린다. 누렇게 변색된 높은 회벽은 고위성직자들의 낡은 초상화들로 가득 차 있었는데, 그것들 또한 먼지로 뒤덮여 있었고, 그중 몇 개는 곰팡이 냄새가 나서 옷장이나 색이 바래고 벌레 먹은 책장 위에 무질서하게 걸려 있었다.

거실 끝에는 커다란 창문 두 개가 열려 있었는데, 창문 유리는 베일에 가려진 공허한 하늘에 대한 끝없는 슬픔 때문에 갑자기 강하게 불곤 하는 바람에 끊임없이 흔들거렸다. 리키에리의 그 끔찍한 바람은 모든 집의 골칫거리다.

유리창들은 광포하게 불어닥치는 남서풍에 잠시 굴복당한 듯했다. 추기경과 대화하는 동안 줄곧 날카롭고 맹렬한 휘파람 소리와 길게 울리는 음울한 개 짖는 소리가 들렸다. 특히 킹킹거리는 소리에 정신이 팔려 가끔 추기경의 말을 듣지 못했던 나는 인생과 시간의 덧없음을 결코 한탄한 적이 없다는 듯 당황하곤 했다.

지금도 생각이 나는데, 그 창문들 중의 하나를 통해 맞은편에 있던 오래된 집의 테라스가 보였다. 그 테라스 위로 갑자기 한 남자가 나타났는데, 그는 아마 비행하는 기쁨을 맛보겠다는 미치광이 같은 생각으로 침대에서 뛰쳐나왔을 것이다.

그 광포한 바람을 맞으며, 그 남자는 오한을 불러일으킬 정도로 마른 몸에 침대 커버를 두르고 있었는데, 커버가 바람에 펄럭이고 있었다. 침대 커버는 붉은색 모포였는데, 그는 그 붉은색 침대 커버를 어깨에 두르고 가슴팍에는 두 팔로 그 커버의 끝자락을 잡고 있었다. 그가 광기 어린 두 눈에 눈물을 흘리며 웃고 또 웃는 동안 길고 붉은 머리카락이 마치 불꽃처럼 흔들리며 여기저기 흩날렸다.

나는 그 모습을 보고 큰 충격을 받아, 양심의 가책에 대한 추기경님의 매우 진지한 말씀을 중단시키면서 추기경님께 신호를 보내지 않을 수 없었다. 그 순간 그분은 조금 전부터 자신의 말재주에 만족해하며 계속 말을 이어가고 있었다.

추기경님은 의심하는 표정도 없이 계속 미소를 띤 채 뒤를 돌아보고 말했다.

"아, 그래요. 그는 그 집에 사는 불쌍한 미치광이요."

오래 전부터 눈에 익숙한 사물을 보듯 무관심하게 말하는 그를 보자, 나는 갑자기 그에게 사실을 말해 그를 깜짝 놀래키고 싶은 유혹을 느꼈다.

'아니에요. 미치광이는 그곳에 있지 않아요. 여기 있어요, 추기경님. 날고 싶어 하는 미치광이가 바로 접니다.'

나는 그 말을 하지 않고 참았다. 오히려 똑같이 무관심한 태도로 그에게 물었다.

"그가 테라스 밑으로 뛰어내릴 위험은 없습니까?"

"없습니다. 오래전부터 그렇게 있었어요." 추기경이 대답했다. "해롭지 않아요."

그 순간 나는 내가 원하지도 않았는데 이런 말을 해버렸다.

"나처럼요."

그러자 추기경이 자리에서 벌떡 일어섰다. 그러나 나는 곧바로 그에게 평온하게 미소 띤 얼굴을 보여주었고, 그는 돌연히 다시 자리에 앉았다. 나는 나의 권리를 박탈하고 싶어 했던 모든 사람들, 이를테면 피르보 씨와 콴토르초 씨 그리고 나의 장인과 아내의 생각에 나 또한 해롭지 않다는 걸 이해시키려 했다고 서둘러 해명했다.

추기경은 온화한 얼굴로 다시 양심의 가책에 대해 말했다. 그분은 자신이 하는 말이 내 경우에 가장 타당하며, 권위로써 가치를 드러낼 수 있는 유일한 방법인 것처럼, 또한 내 적들의 함정과 심증에 대한 위엄 있는 정신적 힘인 것처럼 생각했다.

나의 경우는 그가 상상하는 것처럼 양심의 문제는 아니라고 그를 납득시킬 수 있었을까?

내가 감히 그에게 그것을 납득시키려고 했다면, 나는 갑자기 그에게도 미치광이가 되었으리라.

더는 내가 고리대금업자로 불리지 않도록 내게서 은행의 돈을 돌려받기를 원했던 하느님은 확실히 건물을 짓는 하느님이었다. 그분은 내게 돈을 돌려받도록 도움을 주셨을 테지만, 가장 고귀한 인간의 감정 중 하나인 자비를 위해 적어도 집 한 채 짓는 데 그 돈을 쓰는 조건 정도는 달았을 것이다.

대화가 끝날 무렵, 추기경은 엄숙한 태도로 내가 그것을 원하는지 물었다.

난 그렇다고 대답해야 했다.

그러자 그는 테이블 위에 왜소하게 달려 있던 검게 그을린 은종을 울렸다. 그것은 둔탁한 소리를 냈다. 얼굴이 창백한 금발의 신학생이 나타났다. 추기경은 그에게 돈 안토니오 스클레피스를 부르라고 명령했다. 그는 대성당의 주교좌 참사회원이자 현관에 있던 봉헌 수도사회 회장이었다. 나에게 필요한 사람이었다.

나는 이 사제를 직접 알기보다는 그의 명성을 들어 알고 있었다. 한 번은 아버지 대신에 그에게 편지를 전해주러 봉헌 수도사회에 간 적이 있었다. 그곳은 주교 관저에서 그리 멀지 않은 곳으로 도시에서 가장 높은 곳에 있었다. 넓고 매우 오래된 사각형 건물인데, 밖에서 보면 세월과 궂은 날씨로 온통 부식되어 음침해 보이지만, 내부는 밝고 바람과 빛이 잘 통하는 곳이었다. 그곳에는 여섯 살에서 열아홉 살까지 마을의 불쌍한 고아들과 사생아들이 모여 있었다. 그들은 그곳에서 다양한 직업과 기술을 배웠다. 그곳의 규율은 매우 엄격해서, 불쌍한 세속 수도사들이 봉헌 수도사회 교회에서 오르간 소리에 맞춰 아침저녁으로 외는 기도문 소리를 듣노라면, 가슴이 조여들었다.

외모로 평가해보자면, 주교좌 참사 회원 스클레피스는 강한 지배력과 견고한 힘을 지닌 것 같았다. 키가 크고 말랐으며, 피부가 투명해서, 그가 살고 있던 고지대의 햇빛과 공기가 그의 피부색을 탈색시켰을 뿐만 아니라 엷게 했고, 섬세한 그의 두 손이 가늘게 떨려 거의 투명하게 비치고, 아몬드 같은 두 눈 위의 눈썹은 양파 껍질처럼 연약해 보였다. 그의 목소리 또한 가늘게 떨리고 무미건조했고, 그의 미소는 길고 하얀 입술 위에서 공허해 보였으며, 그 입술 사이엔 항상 하얀 분비물 같은 것이 응고되어 있었다.

들어오자마자 그는 추기경으로부터 양심의 가책을 느끼고 있다는 나의 심정을 들은 뒤 한 손으로 내 어깨를 치고 반말을 하면서 신뢰감을 가지고 서둘러 말하기 시작했다.

"이보게! 잘했네, 잘했어. 난 큰 고통을 좋아하지. 하느님께 감사하게. 고통이 자네를 살렸네. 고통 받기를 원하지 않는 어리석은 자들에겐 엄할 필요가 있네. 하지만 자네는 다행히도 자네 아버지를 생각하면 고통 받을 일이 많을 걸세. 불쌍한 양반. 너무 나쁜 짓을 많이 했어! 자네 아버지에 대한 생각이 자네의 고통이네! 자네의 고통! 피르보 씨와 콴토르초 씨 사이의 싸움은 내게 맡기게! 그들이 자네의 권리를 박탈하고 싶어 한다고? 내가 해결하겠네. 틀림없이!"

나는 나의 권리를 박탈하려는 사람들에 대한 승리를 확신하고는 주교 관저에서 나왔다. 그러나 이런 확신과 그에 따른 의무는 주교와 스클레피스와의 계약으로 가능한 것이었으며, 그 때문에 조국도 가족도 없이 모든 것을 박탈당한 채, 나는 내 것일 수도 있었던 것에 대해 끝없이 불확실한 의심을 하게 되었다.

VIII
기다리면서

그 당시 나는 안나 로사의 친구가 되는 일밖에 없었는데, 그녀는 병을 치료하는 동안 내가 자신의 친구가 돼주기를 원했다.

그녀는 발을 붕대로 감고 침대에 누워 있었다. 의사들이 두려워하던 대로 절름발이가 된다면 그녀는 앞으로 일어나지도 못할 것이라고 말했다.

오랫동안 입원해서 얼굴이 창백해지고 초췌해졌지만, 그 모습은 이전의 모습과 비교하여 새로운 우아함을 주었다. 눈빛은 더욱 강렬해져서 거의 암흑색을 띨 정도였다. 그녀는 잠을 이룰 수 없다고 말하곤 했다. 아침에 머리카락을 풀어 뺨으로 흘러내리게 할 때면, 그녀는 약간 곱슬거리는 숱 많은 검은 머리카락 향기 때문에 숨이 막혔다. 미용사가 손봐주지 않았다면 그녀는 자신의 머리카락을 직접 잘랐을 것이다. 어느 날 아침 그녀는 내게 자기가 머리를 자른 것을 몰랐냐고 물었다. 나의 당혹스러운 대답에 그녀는 웃었다. 그리고 시트로 얼굴을 덮었으며 아무 말도 없이 그렇게 얼굴을 감춘 채 한참 동안 있었다. 모포 아래로 성숙한 처녀의 풍만한 육체가 요염하게 드러났다. 디다에게 들은 바로는, 그때 그녀는 스물다섯 살이었다. 그렇게 이불로 얼굴을 감춘 채 그녀는 자신의 의도대로 내가 그녀의 몸을 쳐다보지 않을 수 없으리라 생각했다. 그녀는 나를 유혹했다.

무질서한 장밋빛 벽지를 바른 작은 방에 석양이 어슴푸레 비치면, 침묵은 그 이상한 피조물의 순간적인 욕망이 어떤 식으로든 생기지도 드러나지도 못하게 할 수도 있다는 사람의 공허한 기대감을 알고 있는 것 같았다.

나는 그녀가 오래 지속되거나 한곳에 정착하는 걸 의미하는 모든 일을 절대 참지 못한다는 사실을 알았다. 그녀가 했던 모든 일, 이를테면 한순간 그녀에게 솟아나는 모든 욕망이나 생각들은 시간이 조금만 지나면 이미 그녀와는 상관이 없는 것 같았다. 만약 그녀가 계속 참아야 하는 일이 생긴다면, 그런 욕망과 생각은 광포한 초조함으로 변하는데, 그녀는 갑자기 화를 내고 심지어는 무질서한 흥분에 사로잡혔다.

그녀는 오로지 자신의 육체에 대해서만 늘 만족해하는 것 같았는데, 때때로 만족할 일이 전혀 없거나, 오히려 자신의 육체가 증오스럽다 해도 그랬다. 그러나 그녀가 계속 거울 속에서 자신의 육체의 모든 부위를 살펴보려고 했다면, 그렇게 강렬하고 활기차게 빛나는 그녀의 두 눈과 안절부절못하는 콧구멍, 경멸하는 듯한 붉은 입술, 자유자재로 움직이는 턱이 만들 수 있는 모든 표정과 태도를 보았으리라. 자신의 인생만 생각하는 여배우처럼 되지 않으려고 인생에서 자신만을 생각하지 않기 위해 짓는 그 표정들이 농담이 아니었다면, 다시 말해 순간적인 도발이나 교태를 부리는 게 아니었다면, 그 표정들은 그녀에게 유용했으리라.

어느 날 아침 나는 침대 옆에 두던 손거울을 들여다보면서, 두 눈이 어린아이처럼 악의로 반짝였음에도 불구하고 동정이 담긴 부드러운 미소를 짓는 그녀를 보았다. 마치 나를 위해 방금 지어낸 듯한 그 생생한 미소를 보자, 나는 반감을 일었다.

난 그녀의 거울이 아니라고 말했다.

그러나 그녀는 감정이 상하지 않았다. 그녀는 내가 방금 보았던 그 미소가 그녀가 조금 전 거울 속에서 보았던 그것과 같은지 물었다.

나는 그녀가 그렇게 고집스럽게 물어오는 게 귀찮아서 이렇게 대답했다.

"내가 알면 어쩌겠다는 거요? 당신이 본 것과 같은 것을 나는 알 수가 없소. 그렇게 미소를 짓고 사진을 찍든지."

"있어요." 그녀는 말했다. "큰 걸로 한 장. 옷장 아래 서랍 안에 있어요. 그것을 갖다 줘요."

서랍 안은 그녀의 사진들로 가득했다. 그녀는 내게 오래된 사진과 최근 사진을 보여주었다.

"모두 죽었어요." 나는 그녀에게 말했다.

그녀는 갑자기 몸을 돌려 나를 쳐다보았다.

"죽었다뇨?"

"비록 모두 살아있는 듯 보이길 원해도 죽은 것입니다."

"미소 짓고 있는 이 사진도요?"

"그리고 생각에 잠긴 저 사진과 눈을 내리깐 저 사진도."

"내가 여기 살아있는데 어떻게 죽은 것이 되죠?"

"아, 그래요. 당신은 살아있어요. 지금은 거울을 보지 않기 때문이에요. 하지만 당신이 거울 앞에 서서 당신을 응시하는 동안 당신은 살아있는 것이 아니에요."

"왜요?"

"당신을 보기 위해 당신 스스로 당신의 생명을 중단시켜야 하기 때문이에요. 마치 사진기 앞에 서 있는 것처럼 당신은 표정을 짓습니다. 표정을 짓는 일은 한순간 조각상이 되는 것과 같지요. 생명은 쉼 없이 움직이기 때문에 정말로 자신을 볼 수 없습니다."

"그러면 내가 나를 보지 않았기 때문에 살아있는 건가요?"

"내가 당신을 볼 수 있는 것처럼 말입니다. 하지만 난 오로지 나의 것인 당신의 이미지를 봅니다. 그것은 확실히 당신의 것은 아니죠. 당신은 살아있는 당신의 이미지를 순간적으로 찍은 사진 속에서 겨우 예감할 수 있을 겁니다. 하지만 당신은 그것을 보고 놀랄 테고, 그 기분은 매우 불쾌할 겁니다. 당신은 또한 마음이 혼란스러워 스스로 움직이는 모습을 보느라 애를 쓸 겁니다."

"사실이에요."

"당신은 표정을 짓고 있는 당신의 모습만을 볼 수 있습니다. 그것은 생명이 없는 조각상이죠. 어떤 사람이 살아있을 때, 그는 살아있는 동안에는 자기 자신을 보지 못합니다. 스스로를 인식하는 것은 죽는 것입니다. 당신은 그 거울뿐만 아니라 모든 거울 속에서 당신을 봅니다. 당신은 살아있지 않기 때문이죠. 당신은 아무것도 모릅니다. 당신은 살 수 없거나 혹은 살고 싶어 하지 않습니다. 당신은 너무나 당신 자신을 알고 싶어 합니다. 그러나 당신은 살아있지 않습니다."

"천만에요! 난 오히려 한순간이라도 나를 멈추게 할 수 없어요."

"그러나 당신은 당신 자신을 보고 싶어 합니다. 살면서 어떤 행동을 할 때마다. 마치 모든 행동과 움직임에서 자신의 이미지를 앞에 두고 있다는 듯. 당신이 인내심이 없는 것은 아마 이것 때문일 거예요. 당신은 오로지 맹목적인 감정만을 바랍니다. 당신은 당신의 감정이 강제로 당신의 두 눈을 뜨게 하여 언제나 당신 앞에 있는 거울 속에서 당신 자신을 보기를 강요합니다. 그러면 곧 감정은 보다시피 당신을 싸늘하게 합니다. 아무도 거울 앞에서 살아있을 수 없습니다. 그러니 자신을 보려고 노력하지 마세요. 당신은 타인들이 당신을 보는 것처럼 결코 당신 자신을 인식할 수 없기 때문입니다. 그렇다면 단지 본질적으로 자신을 인식하는 것이 무슨 가치가 있습니까? 당신은 거울이 당신에게 보여주는 이미지를 왜 당신이 가져야 하는지를 더 이상 이해할 수 없습니다."

그녀는 생각에 잠긴 채 오랫동안 말이 없었다.

그런 대화를 나누고는 내 정신의 모든 고통을 그녀에게 말하고 나니, 그 순간 나에게 그랬던 것처럼 그녀에게도, 우리들이 치유할 수 없는 고독이 놀라우리만큼 정확한 모습을 띠면서 끝없이 펼쳐졌음을 확신한다. 방 안에 있는 모든 사물의 겉모습이 무섭게 고립되었다. 그런 고독감 속에서 자신조차 자신의 살아있는 얼굴을 볼 수 없다면 그녀는 더 이상 얼굴을 달고 다닐 이유를 알지 못하리라. 그러나 타인들은, 어떻게 그녀를 보는지는 알 수 없었지만, 외부에서 그녀를 고립시키며 그녀의 살아있는 모습을 보았다.

그녀의 온갖 자존심이 무너졌다.

타인들이 어떻게 사물을 보는지 알 수 없었던 눈으로 그 사람들을 바라보라.

자신을 의식하지 않기 위해 말하라.

무엇인가 그 자체로 존재한다는 건 더 이상 아무런 가치도 없었다.

어떤 사물도 그 자체로 진실하지 않았다면, 더 이상 아무것도 진실하지 않았다.

사람들은 그것을 각자 나름대로 그렇게 받아들였으며 어쨌든 자신의 고독을 채우고 어떤 식으로든 날마다 자신의 삶을 영위하기 위해 그것을 이용했다.

그녀의 침대 곁에서 나는, 나는 모르고 그녀는 이해할 수 없는 표정으로 그녀의 고독 속에 표류하고 있었다.

그녀는 내가 했던 모든 말에 지울 수 없는 매력을 느꼈고 동시에 몸서리를 쳤다. 그러다 때로는 증오심까지 내비쳤다. 그녀가 보다 탐욕스러운 관심을 보이며 내 말을 듣는 동안 나는 증오감으로 빛나는 그녀의 두 눈을 보았다.

그러나 그녀는 내가 계속 말하기를 원했고, 내 마음속에 지나가는 모든 이미지나 생각을 자신에게 말해주기를 바랐다. 나는 거의 생각도 하지 않고 말했다. 아니, 차라리 나의 생각이 자신의 고통스러운 긴장을 이완시킬 필요가 있다는 듯 저 홀로 말했다는 편이 더 나으리라.

"당신은 창문에 얼굴을 내보이고 세상을 쳐다봅니다. 당신은 세상이 당신 눈에 비친 것처럼 존재한다고 믿습니다. 당신은 그렇게 높은 창가에서 지나가는 사람들을 내려다봅니다. 그들은 본래 키가 크지만, 당신의 시야에서는 작게 보입니다. 당신은 본래의 그 크기를 느낄 수 없습니다. 지금 한 친구가 밑으로 지나가서, 당신이 그를 알아본다면, 그렇게 높은 곳에서 보았으므로 그가 당신의 손가락보다 작게 보일 것이기 때문입니다. 아, 당신이 그를 불러서 그에게 '여기 창문에 얼굴을 내민 내가 어떻게 보이는지 말씀해주시겠어요?'라고 물어보고 싶은 마음이 든다면! 당신은 그런 생각을 하지 않습니다. 당신은 길을 지나가는 사람들이 창가에 얼굴을 내민 당신과 창문에 대해 가지고 있는 이미지를 생각하지 않기 때문입니다. 당신은 당신의 밑으로 지나가고, 당신의 넓은 시야에서 한순간 길을 통과하는 키 작은 사람들이 되는, 당신이 타인의 현실에 부여한 조건들을 당신 자신으로부터 분리하려고 노력해야 할 것입니다. 당신은 이런 노력을 하지 않습니다. 왜냐하면 당신은 그들이 당신과 당신의 창문에 대해 가지고 있는 이미지에 어떤 의심도 하지 않기 때문입니다. 당신에게 그 작은 창문은 그렇게 높은 곳에 달린 수많은 창문들 중 하나이며, 당신은 허공에 팔을 휘두르며 그곳에서 얼굴을 내민 키 작은 한 여자일 뿐입니다."

그녀는 나의 설명을 들으며 허공에 작은 팔을 휘두르며 높은 창문에서 얼굴을 내민 키 작은 여자를 보고 웃었다.

섬광이 번쩍하고 비쳤다. 그리고 방 안에는 다시 침묵이 흘렀다. 안나 로사와 함께 사는 늙은 고모는 마치 그림자처럼 매번 나타났다. 그녀의 눈은 매우 컸고, 심한 사시에다 청색이었으며, 몸은 뚱뚱하고 시선은 냉담했다. 그녀는 부어올라 혈색이 창백한 손을 배에 갖다 댄 채 어두운 문지방에 잠시 서 있었다. 그러다가는 아무 말도 않고 가버렸다. 마치 수족관의 괴물 같았다.

그 고모와 안나 로사는 종일 몇 마디 나누지 않았다. 안나 로사는 혼자 살았다. 독서를 하고 공상을 했지만, 언제나 자신의 공상과 책읽기에 싫증을 냈다. 물건을 사거나 이 친구 저 친구 만나기 위해 외출을 했지만, 그녀에겐 친구들이 모두 멍청하고 경박해 보였다. 그래서 그녀는 친구들을 놀라게 하는 데에서 재미를 느꼈다. 그리고 집으로 돌아오면 모든 게 귀찮고 피곤했다. 갑자기 나타나는 몇 가지 암시를 통해 그녀가 극복할 수 없는 불쾌감을 느끼고 있다는 걸 알 수 있었는데, 그것은 의사였던 그녀의 아버지 서재에서 찾은 의학서적 때문이었다. 그녀는 절대 결혼하지 않겠다고 말하곤 했다.

그녀가 나를 어떻게 생각하는지는 알 수 없었다. 확실한 것은 그녀가 비상한 관심을 가지고 나를 바라보았다는 것이다. 그러나 그녀의 그런 관심은 모든 게 불확실한 나의 생각 속에 비친 그녀의 모습처럼 당혹스러웠다.

이런 불확실함은 내 안에서 모든 한계점과 의혹을 뛰어넘었으며, 바닷물이 해변에서 물러가듯 모든 일관적인 형식으로부터 거의 본능적으로 멀어져갔다.

이 불확실함이 나의 두 눈에 광기를 불어넣고, 그녀를 유혹한 것이 틀림없었다. 하지만 때때로는, 그녀가 그것을 즐기는 듯한 이상한 느낌도 받았다.

결국 그렇게 정신 나간 한 남자를 침대 옆에 둔다는 건 웃기는 일이었다. 그는 스클레피스를 통해 은행의 돈을 돌려받아 모든 것으로부터 자유로워지면, 앞으로 어떻게 살아야 할지도 몰랐다. 완벽하게 미친 사람처럼 내가 마지막까지 왔다고 확신했기 때문이다. 그녀는 이 점이 마음에 들었다. 이 점 때문에 아내와 다툰 건 아니었지만, 어쨌든 내가 평범하지 않으며 다른 사람과 다르다고 추측했다는 것에 그녀는 자부심까지 느꼈던 것이다. 그런 남다른 점에서 뭔가 이상한 것을 앞으로 기대할 수도 있었다. 그녀가 나에 대해 그렇게 생각했던 근거를 남들에게, 특히 아내에게 신속히 알리기 위해서인 듯 그녀는 서둘러 나를 불렀고 사람들이 나에 대해 품고 있던 생각을 알려주었으며, 추기경을 만나게 했던 것이다. 그래서 그때 그녀는 아무것도 신경 쓰지 않고 필연적으로 일어나야 할 일을 기다리면서 평온하고 단호하게 그녀의 침대 옆에 서 있던 나를 보며 매우 만족해했다.

그러나 나를 죽이고 싶어 했던 사람은 바로 그녀였다. 모든 세대를 초월하는 듯한 끝없이 먼 시점에서 그녀를 응시하며, 내 두 눈에 담겨 있었을 동정심에 사로잡혀 그녀가 그것에 답하는 동안 내게서 느꼈고 또 웃었던 그녀의 그런 만족감은 커다란 동정심으로 바뀌었다.

어떻게 그런 일이 일어났는지 난 정확히 모른다. 그렇게 먼 곳에서 그녀를 바라보면서 지금은 생각나지 않는 말을 내가 그녀에게 했을 때, 그 말 속에서 그녀는 그녀가 내게 원했던 어떤 사람, 하지만 내게는 진정 아무도 아닌 사람이 되기 위해 내가 가진 모든 인생과 내가 가질 수 있는 모든 것을 거부하느라 힘들어하던 나의 열망을 느꼈으리라. 지금 생각나는 건, 그녀가 침대에서 내 팔을 붙잡은 것과 그녀 쪽으로 나를 잡아당겼다는 사실뿐이다.

조금 후에 나는 그녀가 베개 밑에 두었던 작은 권총 때문에 가슴에 치명적인 상처를 입고 바둥거리며 침대에서 굴러떨어졌다.

　나중에 그녀가 자신을 정당화하기 위해 말했던 이유는 사실이었을 것이다. 그녀는 그 며칠 동안 내가 그녀에게 했던 모든 말에 기묘하게 매료되려던 그 순간 갑자기 본능적인 두려움을 느껴 나를 살해하려고 했던 것이다.

여덟 번째 책

I
판사는 혼자만의 시간을 원한다

통상적으로 재판의 진행 과정에서 서두르는 걸 나무랄 수는 없다.

안나 로사에 대한 소송을 준비하던 재판관은 원칙적으로나 천성적으로나 성실한 사람이라서 용의주도함을 원했으며, 자료와 증거를 수집한 뒤, 소위 사건 확인이란 것을 하기까지 몇 달을 소요했다.

내가 안나 로사의 방에서 병원으로 옮겨진 뒤, 그들은 내게 원했던 첫 심문에서 어떤 대답도 얻어낼 수 없었다. 그리고 의사들이 말을 해도 좋다고 허락했을 때, 내가 한 첫 대답은 나를 심문한 사람을 당황하게 하기보다는 나를 당황하게 만들었다.

안나 로사는 동정심 때문에 침대로 내 팔을 끌어당겼지만 그 동정심이 나에게 그런 폭력을 행사하도록 자극했던 본능적인 충동으로 변한 것은 너무나 갑작스러운 일이었다. 그래서 그녀의 천연덕스러운 육체의 흥분을 가까이서 느끼느라 이미 이성을 잃어버린 나는 나를 쏘기 위해 그녀가 베개 밑에서 갑자기 어떻게 총을 꺼냈는지 알아차릴 시간도 방법도 없었다. 그때 나는 그녀가 나를 자기 쪽으로 끌어당긴 다음 죽이고 싶어 했다는 것을 받아들일 수가 없어서, 나를 심문했던 사람에게 내가 생각하기에 보다 그럴듯해 보이는 상황을 설명했다. 즉 나의 상처는 그녀의 발에 난 상처처럼 우연한 사건이라고. 나는 나보고 침대에 앉혀달라고 부탁했던 환자를 일으켜 세우려 했을 때 그 권총에 내가 부딪혀 발포되었을 거라고 말했던 것이다.

나는 마지막 부분에서만 거짓말(마땅히 해야 할 거짓말)을 했다. 그러나 나를 심문했던 사람은 그 모든 것이 너무 빤해 보였는지 나를 나무랐다. 그는 옳고 그름은 이미 가해자의 명확한 자백으로 가려졌다고 말했다. 나는 그때 내가 솔직하다는 걸 보이고 싶은 욕구 때문에 너무 순진하게도 가해자가 내게 폭행을 했던 이유가 뭔지 당황스러워하면서도 알고 싶은 척했다.

이 질문에 대한 답변은 찬물을 확 끼얹는 것이었고, 나는 그 물로 세수를 할 수 있을 정도였다.

"아, 당신은 단지 그녀를 침대에 앉히려고만 했습니까?"

나는 졸도했다.

판결은 이미 아내의 첫 번째 증언 속에 있었으리라. 그녀는 그 사건에 대한 증거로 내가 과거에 안나 로사를 사랑했다는 사실을 완벽하게 증언했다.

정말로 내가 어떤 공격도 하지 않았으며, 삶에 대한 나의 호기심 어린 관찰에 무의식적으로 매혹되었다고 안나 로사가 판사에게 맹세하지 않았다면, 안나 로사는 나의 야수 같은 공격을 방어하기 위해 나를 죽이려 했다고 기록되었을 것이다. 그녀가 느꼈던 매혹은 너무도 강렬한 것이어서 그녀에게 그런 광기를 유발시켰던 것이다.

사려 깊은 판사는 안나 로사가 나의 생각에 대해 말할 수 있었던 대강의 보고에 만족하지 않고, 자신의 임무는 좀더 정확하고 상세한 정보를 얻는 것이라고 판단했다.

그래서 그는 직접 나와 얘기를 나누고 싶어 했다.

II
초록색 모포

나는 들것에 실려 병원에서 집으로 옮겨졌다. 이미 회복기에 들어선 나는 침대를 마다하고 무릎 위에 초록색 모포를 두르고 창가에 있는 소파 위에서 한가롭게 쉬고 있었다.

나는 술에 취한 듯 평온하고 감미롭고 공허한 꿈에 도취하여 정신이 혼미해지는 것 같았다. 다시 봄이 되었고 태양의 따스한 기운은 내게 말로 표현할 수 없는 나른한 기쁨을 주었다. 나는 반쯤 닫은 창문에서 들어오는 새봄의 부드러운 공기에 상처가 덧나지는 않을까 걱정이 들어 경계하는 마음이 없지 않았다. 그러나 때때로 눈을 들어 빛나는 구름이 경쾌하게 떠다니는 3월의 활기찬 하늘을 응시했다. 그리고 핏기 없이 떨리는 나의 두 손을 쳐다보고는 다리 위에 나의 두 손을 내려놓았다. 손가락 끝으로는 모포의 초록색 털을 가볍게 쓰다듬었다. 나는 들녘을 바라보았다. 그것은 마치 끝없이 펼쳐진 밀밭 같았다. 모포를 쓰다듬으며 나는 정말로 내가 그 밀밭 한가운데 있는 듯한 생각을 하면서 즐거워했다. 한편으로는 그렇게 거리 감각이 사라졌다는 사실에 고통을 느꼈지만, 그것은 감미로운 고통이었다.

아, 그곳에서 스스로를 잊어버리고 침묵하는 하늘 아래 펼쳐진 풀밭 사이로 몸을 맡긴 채 그렇듯 공허한 푸른색으로 영혼을 가득 채우며 모든 상념과 기억을 망각하다니!

판사를 우연히 만나는 일이 더 옳지 못했을까? 라고 나는 생각해본다.

그 일을 다시 생각해보니, 그가 그날 놀림 당했다는 인상을 받아 내 집을 나가버렸다면 나는 후회했을 것이다.

그는 둔한 사람이었다. 작은 손을 항상 입 주변으로 가져갔고 초점이 거의 없는 작은 눈은 반쯤 감고 있었으며, 마른 체구는 옷을 잘못 입어 휘었고, 양쪽 어깨는 한쪽이 다른 쪽보다 올라가 있었다. 길에서 그가 비스듬히 걷는 모습은, 마치 강아지 같았다. 그럼에도 불구하고 많은 사람들은 아무도 그보다 더 도덕적으로 훌륭한 행동은 못할 것이라고 말한다.

인생에 대한 나의 생각이라고요?

"아, 판사님 당신에게 다시 그것을 말할 수는 없습니다. 이것을 봐요! 이것 좀 보세요!"

나는 그에게 초록색 모포를 보여주며 모포 표면을 세심하게 쓰다듬었다.

"당신은 판결을 위해 내일 쓸 기본적인 자료를 모으고 준비해야 할 책임이 있습니까? 그런데 피고에게는 나를 살해할 이유가 되었던, 삶에 대한 내 생각을 물으러 오셨습니까? 하지만 판사님, 내가 당신께 그것을 반복한다면, 나는 당신이 오랫동안 당신의 책임을 수행했다는 것에 가책을 느껴 당신 스스로 나를 죽일 수 없을까봐 두렵습니다. 안 돼요. 안 돼. 나는 말하지 않겠습니다, 판사님! 당신이 훌륭한 판사로서 양심을 신중히 여기기 위해 스스로 선을 긋고 제한한 한계점들 외에 강둑 밑을 흐르는 격류 소리를 듣지 않으려고 귀를 막는 편이 낫습니다. 강둑이 붕괴될 수 있다는 것을 아십니까? 안나 로사 양에게 있었던 순간처럼 한순간의 폭풍으로 말입니다. 어떤 격류냐고요? 거대한 강에 생긴 급류랍니다, 판사님! 급류의 수로를 잘 만들어놓았습니다. 그러나 홍수가 오면, 큰 강은 넘쳐흐릅니다, 판사님! 나는 그곳에 내던져졌고, 이제는 그곳에서 헤엄치고 있습니다. 그곳에서 헤엄을 치고 있어요. 나는, 당신이 이해했다면, 이미 너무 멀리 갔습니다! 나는 당신을 더 이상 못 볼 지경입니다. 편안히 앉으세요. 판사님, 편안히!"

그는 그 자리에 앉아서, 치료할 수 없는 병자를 보듯 놀란 얼굴로 나를 보고 있었다. 나는 고통스러워하는 그를 해방시켜주고 싶어 그에게 미소를 지었다. 나는 두 손으로 모포를 걷어 올려 다시 한번 그에게 보여주면서 품위 있게 물어보았다.

"미안한 말이지만, 정말로 이 초록색 모포가 아름답지 않습니까?"

III
사면

나는 이 모든 것이 안나 로사의 사면을 도우리라는 생각으로 위안을 얻었다. 그러나 다른 한편으로 스클레피스는 온몸을 흔들며 내게 달려와, 내가 나 자신을 구원하는 일을 정말로 어렵게 만들고 있다고 말했다.

내가 남들만큼 정신이 멀쩡하다는 증거를 대야 하는 바로 그 순간에 나의 그런 모험으로 생긴 거대한 스캔들을 이해하지 못할 수 있을까? 그러나 나는 나의 파렴치한 행동 때문에 아버지 집으로 도망가 버린 아내가 옳았음을 보여주지 않았던가? 나는 그녀를 배신했다. 내가 그 흥분한 여자 앞에서 단지 멋있는 남자로 보이기 위해, 더 이상 마을에서 고리대금업자로 불리기를 원치 않는다고 주장했다니! 나는 너무 맹목적으로 죄의 열정에 사로잡혀 있었기 때문에 나와 타인을 파멸시키기를 원했으며, 그 열망을 끝까지 고집했다. 하마터면 그 열정 때문에 나는 생명을 잃을 수도 있었다. 모든 사람이 반발하자, 스클레피스는 나의 비난받을 만한 실수를 인정하는 수밖에 없었다. 그는 나를 구원하기 위해 내가 나의 죄를 공개적으로 고백하는 수밖에 다른 구제 방법은 없다고 생각했다. 그러나 이 고백이 위험하지 않도록, 나는 동시에 내 영혼이 용감한 회개가 필요하다는 걸 절박하게 보여주어야 했고, 그리하여 타인들에게 자신의 이익을 희생하라고 요구할 용기와 힘을 그에게 다시 줄 수 있어야 했다.

그의 논리적인 추론이 서서히 진전되자, 그가 그것을 얼마나 확신하는지 탐색해보려고도 않고 나는 그가 하는 모든 말에 고개를 끄덕였다. 그는 확실히 더 만족해하는 것 같았다. 하지만 그의 이런 만족이 진정 자비심 때문이거나 그의 지능에 대한 예감에서 나온 것이라면, 그는 내심 당황했을 것이다.

그는 내가 은행을 청산하고 얻은 돈을, 필요로 하는 가난한 사람들뿐만 아니라 수용된 사람들의 이익을 위해 일 년 내내 문을 여는 부엌이 딸린 경제적인 구빈원을 만드는 데 집과 다른 재산을 모두 함께 기부한다면, 후회와 희생의 본보기가 될 것이라고 생각했다. 구빈원에는 또한 나이별로 남녀 모두가 입는 옷가게도 딸려 있을 것이다. 그리고 나는 그곳에 머물며 다른 사람들처럼 나무 그릇에 수프를 먹고, 내 나이에 맞는 옷을 입으며 다른 거지들처럼 간이침대에서 잠을 잘 것이다.

나를 더욱 고통스럽게 만든 것은 나의 전면적인 사면이 진정한 후회로 해석되리라는 것이다. 그러나 나는 모든 것을 주었으므로, 어떤 일에도 반발하지 않았다. 왜냐하면 나는 아내나 타인들에게 어떤 의미나 가치를 줄 수 있는 모든 것들로부터 너무 멀리 떨어져 있었을 뿐만 아니라 나 자신과 나의 모든 것으로부터도 완전히 소외되었기 때문이다. 그러나 어쨌든 나는 무엇인가를 소유한 누군가로 남아야 한다는 사실에 공포를 느꼈다.

나는 이제 아무것도 원하지 않았으므로, 더는 말을 할 수 없다는 걸 알았다. 많은 것을 원할 수 있고, 그렇게 세련된 방법으로 의지를 훈련시킬 수 있는 그 늙은 성직자를 보고 감탄하면서, 나는 어떤 말도 하지 않았다. 그는 자신의 개인적인 이익을 위해서가 아니고, 타인들에게 선행을 베풀기 위해서도 아니며, 오로지 스스로 충실하고 열광적인 하인 노릇을 하는 하느님의 집에 돌아올 이익을 위해서 그렇게 했던 것이다.

그러니 그는 자신을 위해서는 아무도 아니다.

이것이 아마 모두를 위한 어떤 사람이 되는 방법이었을 것이다.

그러나 그 성직자는 자신의 능력과 지식에 대해 너무 큰 자만심을 가지고 있었다. 타인들을 위해 살면서도 그는 지혜와 능력, 그리고 가장 큰 충절과 열정에 있어서는 남들과 확연히 구별되는 누군가가 되기를 원했다.

때문에 나는 그를 쳐다보면서도—내가 그를 계속해서 찬양한 것은 사실이었다—고통을 느꼈다.

IV
끝나지 않는다

안나 로사는 사면을 받았을 것이다. 증언을 위해 호출 받

앉을 때 나는 베레모를 쓰고 슬리퍼를 신은 채 구빈원의 청색 셔츠를 입고 있었는데, 그때 재판소의 분위기가 매우 유쾌한 것으로 보아, 그녀의 사면이 부분적으로는 그 분위기 때문일 것이라고 생각한다.

나는 더 이상 거울을 보지 않는다. 이제는 내 얼굴과 외모가 어떠한지 알고 싶은 마음조차 없다. 남들은 나의 외모가 많이 변한 것 같다고 생각할 것이다. 그들이 나를 보고 놀라 웃는 것으로 보아 내 모습은 매우 우습게 변한 것 같다. 그러나 여전히 사람들은 모두 나를 모스카르다로 부르고 싶어 했다. 이제는 모스카르다라고 말하는 것이 그들 각자에게는 옛날과 너무나 다른 의미를 가지고 있어서, 슬리퍼를 신고 청색 셔츠를 입은, 수염 많은 얼굴에 미소를 짓는 저기 저 불쌍한 멍청이에게 마치 그 이름이 그의 일부분이라도 되는 듯 아직도 그 이름에 몸을 돌려야만 하는 고통을 감해줄 수 있을 정도다.

어떤 이름도 없는 것. 오늘 현재 어제의 이름에 대해 어떤 기억도 갖지 않는 것. 그리고 내일은 오늘의 이름에 대해 기억하지 않는 것. 만약 이름이 사물이라면, 만약 이름이 우리 외부에 둘 수 있는 모든 사물의 개념이라면, 사람들은 이름 없이 개념을 가질 수 없을 것이며 또 그 사물은 우리에게 명확히 정의되지 않는 맹목적인 것으로 남게 될 것이다. 내가 사람들 사이에서 가지고 있었던 이 이름을 내가 그들에게 비친 그 이미지의 정면에 묘비명으로 새겨 넣는다면, 나는 그것을 평온하게 놔두고 그것에 대해 더 이상 아무 말도 하지 않을 것이다. 그것은 묘비명, 즉 이름 외에는 아무것도 아니다. 죽은 자들에게 편리한 것이다. 인생은 끝나지 않는다. 그리고 인생은 이름을 모른다. 이 나무는 새로 난 나뭇잎이 흔들릴 때 호흡한다. 나는 나무다. 나무이자 구름이다. 내일은 책이나 바람이 된다. 다시 말해 내가 읽는 책, 내가 마시는 바람이 된다. 모든 것은 외부에서 방랑한다.

구빈원은 쾌적한 전원에 위치해 있다. 나는 매일 아침 새벽에 그곳을 나온다. 태양이 축축한 공기를 건조시켜 사물들을 현혹하기 전에, 방금 발견된 것처럼 밤의 신선함이 풍기는 모든 사물과 함께 나의 정신을 새벽의 상쾌함으로 채우고 싶기 때문이다.

푸른 산 위에 겹겹이 쌓여 무겁게 보이는 저 구름들은 아직도 가시지 않은 밤 그림자 속에서 파란 하늘을 더욱 넓고 환하게 하는 것 같다. 그리고 여기 이슬을 머금어 부드럽게 보이는 이 풀잎들은 길 가장자리에서 싱싱하게 자라고 있다. 밤새도록 밖에서 잠을 잔 저 어린 당나귀는 이제 흐린 눈빛으로 사물을 응시하며 침묵 속에 잠겨 있다. 그렇게 당나귀에게 가까이 있던 침묵이 서서히 멀어지는 듯하고, 넓고 황량한 전원에 막 퍼지기 시작한 햇빛이 당나귀 주변을 겁도 없이 밝힌다. 금이 간 낮은 담들 사이로 난 이 달구지 길은 여러 번 바퀴들이 지나갔어도 아직 그대로 있다. 공기는 새롭다. 모든 것은 매순간마다 존재하며, 자신의 모습을 나타내기 시작한다. 나는 어떤 사물이라도 그것의 모습이 정지해 죽어 있는 것을 보지 않으려고 재빨리 눈을 돌린다. 그렇게 해야만 나는 비로소 살 수 있다. 매순간마다 다시 태어날 수 있다. 다시 그런 생각이 내 속에서 떠올라 쓸모없는 외형의 공허함을 만들지 않을 수 있다.

    도시는 멀다. 때때로 조용한 황혼 무렵에 종소리가 들려온다. 그러나 나는 이제 속으로가 아니라 겉으로 스스로 울리는 종소리를 증오한다. 그 종들은 아마도 종탑 위에 무겁게, 그리고 그렇게 높이 달린 채 구름 사이의 바람을 맞거나 제비들이 지저귀는 소리를 들으며 뜨거운 태양이 떠 있는 파랗고 아름다운 하늘 속에서 즐겁게 울려 퍼질 것이다. 죽음을 생각하며 기도하라. 아직도 이런 욕구를 느끼는 사람들이 있다. 그리고 종을 울리게 한다. 나는 그럴 필요를 더 이상 느끼지 않는다. 왜냐하면 나는 매순간마다 죽고, 그리고 아무 기억도 없이 새로 태어나기 때문이다. 내 안에서가 아니라 외부의 모든 사물 속에서 완벽하고도 생생하게.

옮긴이의 글

주체의 분열 의식

　　19세기말에서 20세기로 들어서면서 유럽 사회는 엄청난 변화를 겪었다. 그 이전 18세기 계몽주의 시기의 연장선상에서 유럽 사회의 자본주의는 진행되었고, 이에 따른 문학의 대응 양상도 다양한 형태로 드러났다. 이런 혼란의 시기에 이탈리아에서는 지올리티와 지올리티주의, 경제의 발전, 관념론의 승리, 민족주의의 출현, 아방가르드의 경험, 사회주의 운동과 가톨릭 운동 등이 사회 문제로 대두하고 있었다. 문단에서는 베르가의 『돈 제수왈도 선생』(1889)의 출판과 함께 베리즈모 학파의 종말을 보았고, 실증주의와 베리즈모에 반기를 둔 유심론(spritualismo)이 출현한다. 꿈, 환영, 미지의 세계, 이상

등의 이름으로 단눈치오가 이끈 반자연주의, 반졸라적인 공격, 실증주의 과학의 보다 진보적이고 혁명적인 발명, 자연의 진화 및 그것의 유물론적 원칙을 모두 제거하여 자연의 진화를 가톨릭 교리와 융화시키려 했던 포가차로의 시도, 파스콜리 시의 상징주의로의 전환, 피란델로와 스베보의 초기 소설에서 보이는 자연주의적인 토대 청산 등은 그런 반작용의 실례라 할 수 있다.

이런 상황 속에서 피란델로의 문학은 전개된다. 그는 동시대 사람들의 위기의식을 명확히 지각하고 있었고, 이에 대한 집요한 분석의 결과로 그의 소설과 극작품들이 탄생했다. 1916년에 극작품 「생각해봐, 자코미노!」와 「리올라」를 공연하면서부터 그의 명성은 이탈리아뿐만 아니라 전 세계에 알려지게 되었다. 그의 일생은 그리 행복한 삶이 아니었다. 경제적인 어려움과 전쟁에서 포로가 된 아들들을 봐야 하는 고통, 정신이상인 아내 때문에 일상적으로 광기를 접해야 하는 괴로움 등은 그의 작품들이 염세주의를 띨 수밖에 없는 이유였다. 시대적 분위기 또한 우울했다. 급격한 산업화 및 도시화에 적응하지 못하고 소외되는 근대인들은 구체적인 가치를 더 이상 신뢰하지 못했고, 복잡한 현실에 직면해 어떤 확신도 갖지 못했다. 그들을 둘러싼 세계는 적대적이고 불확실한 미궁이었다. 피란델로는 세상의 모든 것은 변하며, 한곳에 정착하지 못하고 지나가버린다고 생각했다. 또한 인간들은 하나의 형식에 고정될 수 없고, 오늘은 이런 방식으로 내일은 또 다른 방식으로 변하기 때문에 일관된 하나의 개성을 가질 수 없다고 여졌다. 이렇게 복잡하게 변하는 외형 때문에 인간은 자신의 내면세계 외부에 어떤 식으로든 자신을 표현할 수 있는 외부적인 '형식'을 가지고 싶어 한다. 그러나 이 '형식'은 그를 가두는 감옥이 되고, 그와 관계된 사람들도 모두 스스로의 '형식'에 그를 붙잡아둔다. 그렇기 때문에 어리석다고 판단된 사람은 어리석은 행동을, 현명하다고 판단된 사람은 현명한 행동을 한다. 그러나 피란델로는 한 사람을 이렇게 고정시켜놓는 것이 이기적인 주장이라고 반박하는데, 왜냐하면 사람은 자연의 법칙에 따라 결코 자기 자신이 될 수 없을 뿐만 아니라 그의 개성은 계속 변하기 때문이라는 것이다. 또한 그런 이기적인 주장은 사람들 간의 대화불가능이라는 심각한 결과를 초래한다는 것이다. 그러므로 삶은 외롭고 고통스러운 것이 된다. 단편과 장편소설들뿐만 아니라 연극 작품에 등장하는 피란델로의 인물들은 바로 이런 감정을 갖는다. 그들은 자유롭고 싶고, 그들의 존재를 드러내길 원하지만, 이런저런 형식 속에서 '그렇게 살아야만 하는 고통'을 느끼는 것이다.

피란델로 문학 활동의 총결산이라 할 수 있는 『아무도 아닌, 동시에 십만 명인 어떤 사람』을 통해서도 이렇듯 자신의 존재 형식으로 고통 받는 주인공을 만날 수 있다. 모놀로그 형식을 띠는 이 소설에서 주인공 모스카르다는 이미 자신의 대화자를 상정하고 이야기를 시작한다. 그는 자신의 성찰과 해체 작업을 사건이 일어난 지 5년이 지난 뒤에 다시 독자에게 들려준다. 비탄젤로 모스카르다는 어느 날 갑자기 자신의 코가 휘었음을 알게 되는데, 이를 통해 지금까지 그를 구성하던 모습은 그가 그에게 부여했던 현실이 아니었음을 깨닫게 된다. 자신이 생각하는 모스카르다는 자신만을 위한 존재이고, 타인들은 자신의 육체를 통해 오직 그들이 실체를 부여했던 모스카르다만을 본다는 걸 깨달은 것이다. 마침내 그는 자신이 어떤 사람이지만, 그 누구도 아니면서 동시에 십만 명이라는 사실을 알게 되고, 그리하여 자신의 타자를 해체하기 시작한다. 그의 해체의 논리는 합리적이고 이성적이지 않다. 비이성적이며, 심지어는 광기로 나타난다.

모스카르다의 성찰은 거울을 통해 이루어진다. 우연히 거울을 본 그는 자신의 코가 오른쪽으로 약간 휘었다는 사실을 발견하고, 그때부터 거울은 그를 비추어 그의 모순적인 현실을 깨닫게 하는 도구가 된다. 집 안의 거울뿐만 아니라 거리의 진열장에서도 그는 자신의 모습을 관찰하게 되는데, 이런 관찰을 통해 그는 자신의 타자를 발견한다. 지금까지 나라고 생각했던 내가 남들에겐 내가 아닌 이방인, 즉 타자였으며, 이 타자가 일관적으로 하나의 모습만을 가지는 게 아니라는 사실을 깨달은 것이다. 이렇듯 작품 곳곳에 등장하는 거울은 모스카르다가 자신의 분열된 모습을 반추하게 하는 이미지로서의 역할을 한다. 사물을 비춰보기에 거울만큼 좋은 도구는 없으리라. 자신의 허상을 발견하게 되면서 모스카르다의 광기, 즉 모스카르다의 비논리, 비이성적인 해체 작업이 시작된다.

모스카르다가 자신을 해체, 파괴하는 작업은 부정의 부정의 법칙으로 나타난다. 첫 번째 부정은 자신의 과거 부정이고, 두 번째는 자신의 현재 부정인데, 이런 부정의 작업을 통해 그는 질적으로 새롭게 태어난다. 모스카르다의 과거 부정은 은행의 재산을 물려준 아버지를 살해함으로써 이루어진다. 자신의 육체뿐만 아니라 현재의 조건은 그의 의지와는 무관하게 이미 과거에 규정된 것이며, 자신은 아버지가 붙여준 이름이 부여한 형식에 어쩔 수 없이 갇혀 있을 수밖에 없다는 걸 인식하게 된다. 그리하여 모스카르다는 부친과 스스로를 동일시하는 동시에 그를 파괴한다. 부친 살해를 완수한 '분노한 착한 아들' 모스카르다는 아버지를 부정함으로써 자신의 과거를 부정한다. 인자한 아버지의 모습에서 고리대금업자의 추악한 외형을 알아채고 또 그 모습이 자신에게까지 유전된 걸 알고는 공포에 떨면서 부친을 살해한 것이다.

그는 자신의 현재 또한 부정한다. 모스카르다의 해체 작업에서 현재의 부정은 세 가지 실험을 통해 이루어진다. 첫째는 매개자를 통한 자신의 타자 부정이고, 둘째는 직접적인 타자 부정, 셋째는 권총을 통한 부정이다. 그의 첫 실험 대상은 가난한 예술가 마르코 디 디오와 그의 아내 디아만테이다. 마르코 디 디오는 한 유명한 예술가의 제자로 있다가 이상한 행동을 하여 쫓겨난 사람으로, 주말이면 영국에 가기 위해 아내와 영어를 공부하고, 백만장자가 되기 위해 냄새가 나지 않는 화장실을 발명할 꿈을 꾸는 몽상가이다. 모스카르다는 이들 부부에게 살 집을 선물함으로써 남들이 자신을 고리대금업자로 생각하지 않기를 바란다. 현재의 고리대금업자라는 가면을 매개자 마르코 디 디오를 통해 벗어던지려고 하는 것이다. 그러나 그의 '다르게 보이기'의 첫 실험은 매개자인 마르코 디 디오에게 '미친놈' 소리를 듣고 끝난다. 집을 선물 받은 마르코 디 디오는 그의 기부 행위를 고리대금업자의 미친 짓으로 여긴다. 타인들에게 고리대금업자 비탄젤로는 사라지지 않았으며, 그의 행동은 일시적인 변덕일 뿐이었다. 그러므로 그는 아내 디다에겐 여전히 '귀여운 젠제'로, 친구인 콴토르초 씨에겐 '사랑스런 비탄젤로'로 남는다. 때문에 모스카르다는 정면으로 고리대금업자이길 거부하여 은행을 청산하기로 결심한다. 모스카르다는 이 두 번째 실험을 통해 자신의 실체를 보게 된다. 수많은 자신의 타자를 해체하여 마침내 '나'를 발견하게 되는 것이다. 아내의 꼭두각시도, 은행의 고리대금업자도 아닌 나를 찾게 되는 것이다.

　　모스카르다의 해체 작업은 과거 부정, 현재 부정이라는 이중의 부정을 통해 이루어진다. 아버지라는 과거를 부정함으로써 역사적으로 자신에게 부여된 그의 가정의 이미지를 부정하게 되고, 현재를 부정함으로써 고리대금업자라는 굴레에서 벗어나게 된다. 그러나 자신의 타자를 해체하고 찾는 '나'에 대해 그는 끝없는 허탈감과 공허감만을 맛볼 뿐이다. 그는 자신을 해체하는 동시에 해체하여 얻은 약간의 살과 피로 다시 자신을 조립하기 시작한다. 그의 재생을 돕는 인물은 아내의 친구 안나 로사이다. 그녀는 그의 놀이, 즉 그가 성찰을 통해 얻은 깨달음을 이해하고 동정하지만, 동시에 그것에 두려움을 느끼고 권총으로 그를 죽이려 한다. 권총에 맞은 모스카르다는 완벽하게 해체된다. 이 세 번째 실험을 통해 그의 해체 작업은 완벽해진다. 부정의 작업을 통해 모스카르다의 타자가 파괴되고, 권총을 통해 그 타자들이 몸담았던 형식 또한 파괴된다. 그러므로 권총은 모스카르다의 해체 작업을 완성하는 동시에 모스카르다를 재생시키는 이미지라 할 수 있다. 타자들을 모두 해체하고 다시 태어난 모스카르다는 자연 속에서 자신의 실체를 발견한다. 그리하여 그는 매순간마다 죽고 매순간마다 다시 태어나는 자연과 자신을 동일시한다.

피란델로는 분열하는 주체의 타자를 해체하면서, 자연 속에서 그 해결책을 찾고 있다. 근대가 이루어놓은 과학의 발전과 더불어 소외된 인간의 의식에 대해 집요하게 추적하여 얻은 결과라 할 수 있겠다.

피란델로의 『아무도 아닌, 동시에 십만 명인 어떤 사람』을 통해 우리는 근대의 분열된 주체를 만나게 된다. 그는 현실 세계의 허구성을 폭로하고 해체하는 역할을 맡는다. 또한 현실의 허구적인 모습을 해체하는 동시에 자기 자신의 헛된 모습도 파괴한다. 그리하여 그 해결책을 제시한다. 그는 무한한 존재의 총체성에 대한 심오한 관점을 표현하고 있는 것이다.

피란델로 글쓰기는 전통적인 서사 구조를 갖는 소설 형식을 완전히 파괴한다. 그는 현실 세계의 위기를 인식하고 이를 파괴하는 것에서 끝나는 것이 아니라, 이를 형상화함에 있어서 그 이야기 구조 또한 파괴한다. 그의 소설적 작업을 완성하는 『아무도 아닌, 동시에 십만 명인 어떤 사람』은 근대 세계에 대한 그의 위기의식, 즉 도시 생활에 대한 염증, 돈과 재산에 기반을 둔 부르주아 사회 제도의 비판을 뚜렷이 보여준다.

여기에 소개된 이 소설 한 권만으로 방대한 피란델로의

문학 세계를 이해하기는 쉽지 않다. 그러나 그것은 한 계기를 마련한다는 점에서 역자는 최측의농간에 진심으로 감사드린다. 끝으로 번역의 텍스트로는 Garzanti 출판사의 1993년판 『Uno, nessuno e centomila』를 사용했음을 밝힌다.

아무도 아닌, 동시에 십만 명인 어떤 사람

초판 1쇄 발행 2018년 3월 30일

지은이 | 루이지 피란델로
옮긴이 | 김효정
펴낸이 | 신동혁
편집 | 안희성
디자인 | 催側
펴낸곳 | 최측의농간
출판등록 | 2014년 12월 31일 제2017-000232호
주소 | 서울특별시 마포구 마포대로 25 7층 78-1
전자우편 | choicheuks@gmail.com
블로그 | http://blog.naver.com/choicheuks
대표번호 | 0507-1407-6903
팩스번호 | 0504-467-6903

ⓒ 김효정, 2018, printed in Korea

ISBN | 979-11-88672-03-5 03880

이 책의 판권은 지은이와 최측의농간에 있습니다. 이 책 내용의 전부 또는 일부를 재사용하려면 반드시 양측의 서면 동의를 받아야 합니다.

이 도서의 국립중앙도서관 출판예정도서목록(CIP)은 서지정보유통지 원시스템 홈페이지(http://seoji.nl.go.kr)와 국가자료공동목록시스템(http://www.nl.go.kr/kolisnet)에서 이용하실 수 있습니다.(CIP제어번호: CIP2018008450)